부정적인 것들만 보일 땐 그 안에서 다른 의미를 발견해보세요.

참견쟁이 때문에 자꾸 욱할 땐 속으로 "남이사!"를 크게 외쳐보세요.

심드렁하고 무미건조할 땐 '우와'라고 외치며 먼저 감탄해보세요.

.
.
.

그래도 여전히 내 자신이 가장 힘들고 어렵다면,

그래서 마음에 독소가 가득 차 괴롭다면,

이 책에서 내 마음을 해독하는 40가지 힌트를 얻어보세요.

나를 알고 독의 실체를 이해하면

버리지 못할 마음의 짐은 아무것도 없습니다.

나를 / 해독하는 / 법

해 독 解 讀 하 면 　 해 독 解 毒 된 다

나를 / 해독하는 / 법

서이랑 지음

쌤앤파커스

차례

part 2

너에게 당당해질수록 가까워지는 행복

저에게 사람은 언제나 어려웠습니다.

처음 본 사람도 어제 본 사람처럼
쉽게 가까워지는 이들이 얼마나 부럽던지요.
저는 반대로 어제 본 사람도
처음 본 사람처럼 어려웠습니다.
심지어 가족도 어려웠고
친한 친구도 어려웠습니다.

그중에서도 가장 어려운 사람은
늘 '나'였습니다.

내가 원하는 나의 모습과
정반대의 모습을 하고 있는 나.

대범하고 사교적이며 낙천적인 사람이 되고 싶었지만
저는 소심하고 낯가림도 심하며 부정적이었습니다.

'남들은 다 쉽게 살아가는 것 같은데
나만 왜 이렇게 모든 게 어려울까.
나는 왜 이 모양일까.'

내가 마음에 들지 않으니
점점 나와 함께하는 시간이
고통으로 다가왔습니다.
그렇다고 나와 떨어질 수도 없는 노릇이기에
살아 있는 순간순간이 다 고통이었지요.

그런 고통의 시간을 한참 보내고 나자
어느덧 마음은 온갖 독소로 꽉 차 있었습니다.
누구를 만나도 열등감에 시달렸고
잘나가는 이들에게 질투심이 일었으며
세상과 사람들에 대한 분노가 치밀었습니다.

독에 잡아먹히지 않기 위해서는
해독解毒이 절실히 필요했습니다.

그리고 그 순간 알았습니다.
몸 안에 쌓인 독을 없애기 위해서는
먼저 그 독을 이해해야 한다는 것을요.
그것이 내게 왜 독이 되었는지
결국 '나'를 제대로 이해하는 것이 먼저였습니다.

그때부터 가장 어려운 나를 가까이하며
내 마음을 읽어보고 이해해보기로 했습니다.
혼자만의 시간을 더 가지려고 했고
나의 말과 행동을 들여다보았습니다.

특히 그동안 무심코 내뱉었던,
나를 지배하던 부정적인 말들을
주의 깊게 보기 시작했습니다.

그 말들을 한 자 한 자 써 내려가며
다 쓴 글자를 비틀어 보고, 180도 돌려도 보며
글자 안에서 글자를, 의미 안에서 의미를
내 안에서 나를 새롭게 보려고 노력했습니다.

나를 짓누르고 있던 말들,

나를 아프게 하는 말들 속에서
아름다움을 읽어내고 싶었습니다.

그리고 그 과정을 통해 알게 되었습니다.
내 복잡한 마음을 읽어주고 이해해주는 것,
즉 나를 해독解讀하는 것이야말로
최고의 위로이자 행복이라는 것을 말입니다.

이 책을 집어 든 당신은 어떤가요?
해독이 필요하지 않나요?

이 책에 담긴 40개의 붓글씨가
당신에게 힌트가 되어주었으면 좋겠습니다.
아무리 어렵더라도 포기하지 않고
끝까지 당신을 해독해냈으면 좋겠습니다.

'나'를 해독할 수 있는 사람은,
나의 행복을 발견할 수 있는 사람은
세상에 오직 단 한 사람, '나'뿐이니까요.

part 1

나에게 따뜻해질수록
깊어지는 평안

나의 결핍이 누군가를 끌어당기는
매력이 될 수도 있지 않을까요?

결핍 vs 끌림

14

누구나 감추고 싶은 '결핍' 하나쯤은 가지고 있을 겁니다. 너무 소심하다거나, 상처가 많다거나. 하지만 그 모습들이 꼭 나쁘기만 한 건 아닙니다. 마음이 여린 만큼 상대를 더 조심스럽게 대할 테고, 상처가 많을수록 다른 사람의 상처에도 깊게 공감할 테니까요. 그런 의미에서 나의 결핍이 누군가에게는 다가가고 싶은 '끌림'일 수도 있지 않을까요?

"여기 이 바나나가 노랗게 보이는 건,
바나나가 다른 색깔은 다 흡수하고
노란색 빛만 반사하기 때문이야."
초등학생 과외 아르바이트를 할 때였습니다.

"반사하는 게 뭔데요?"
"음, 쉽게 말하면 받아들이지 않는다는 말이야."

아이는 잠깐 생각하는 듯하더니 물었습니다.
"선생님, 바나나는 노란색을 싫어해요?
노란색이 싫어서 안 받아들이는 거예요?

안 받아들이면 노란색이 없는데 왜 노랗게 보여요?
하필이면 싫어하는 색이 자기 색깔이 되다니
바나나도 참 불쌍하네요."

아이의 말이 재미있다고 생각했습니다.
자기에게 없는 것, 싫어하는 것이
오히려 자기 색깔이 된다는 말이
우리에게도 해당되는 말 같았습니다.

어느 날 남편에게
인간관계가 힘들다고 말한 적이 있었습니다.
그때 남편은 제게 이렇게 말했습니다.

"자기가 왜 힘든지 알아?
나한테는 있는 그대로 보여주는데
다른 사람한테는 숨기는 게 많아서 그래.
자기는 자기만의 색깔이 있는데
다른 사람이 안 좋게 볼까 봐 신경 쓰느라
그걸 숨기는 데 에너지를 다 쓰니까
인간관계가 피곤한 거야."

생각해보니 정말 그랬습니다.
누군가를 만날 때면 전전긍긍하며
부족함이나, 결핍을 숨기려고 애썼습니다.

누군가가 내뱉은 말로 마음에 상처를 받았을 때
남편에게는 무슨 말을 그렇게 하느냐고 따지면서
다른 사람 앞에서는 소심한 마음을 들킬까 봐
아무렇지 않은 척 굴었습니다.

어떤 말에 동의할 수 없을 때
남편 앞에서는 일일이 반박하고 나서면서
다른 사람 앞에서는 까칠한 사람으로 보일까 봐
동의하는 척 고개를 끄덕이거나 맞장구를 쳤습니다.

사실 나는 소심한 사람이고 까칠한 사람인데
그런 내 모습이 싫었습니다. 본모습을 감추고
둥글둥글한 사람으로 보이려 하다 보니
인간관계가 피곤하기 그지없었습니다.

그런데 아이의 이야기를 듣고 곰곰이 생각해보니
나야말로 내 색깔을 없애고 있다는 생각이 들었습니다.

내가 싫어하는 것이 오히려 나의 색깔이 될 수 있고
나의 결핍이 나만의 매력이 될 수도 있다는 사실을
너무 뒤늦게 깨달았습니다.

소심한 건 타인의 마음도 세심하게 헤아린다는 뜻이고
까칠한 건 그만큼 솔직하게 자신을 드러낸다는 뜻이니
그것 또한 누군가가 나에게 끌리는
장점이 될 수 있다는 사실을 말입니다.

이제 나의 색깔을, 나의 매력을
스스로 지워버리는 일은 더는 하지 않으려고 합니다.

우리는 어쩌면 각자 파놓은 우물에
갇혀 있는 게 아닐까요?

井(우물 정) vs 나

'나'는 '우물#'을 깊고 높게 만들 수 있습니다. 수많은 고민과 걱정으로 쌓아 올린 우물에 나를 가둘 수도 있고요. 우물은 어쩌면 내가 만들어 놓은 장벽의 다른 이름일지 모릅니다. 그 우물에서 빠져나오는 순간, 나를 짓누르던 문제들이 거짓말처럼 사라집니다.

● 　우물 안 개구리로
　 만드는 건 바로 나

"자살을 생각해본 적이 있니?"
누군가 물었습니다.
저는 물론 있다고 답했습니다.

어렸을 적, 죽고 싶다는 생각을 많이 했습니다.
고통 없이 우아하게 죽는 방법에 대해
가끔은 진지하게 고민하기도 했습니다.

'자살하는 순간에 아프지도 않고
실패할 리도 없으면서
죽고 나서 처참하지 않고

깔끔하며 우아하게 보일 방법이 없을까?'
다행히도 그런 방법은 없었습니다.

어릴 적 대체 무엇 때문에
삶을 놓고 싶을 만큼 괴로웠는지
지금은 잘 기억도 나지 않습니다.

그저 내 아픔을 견뎌내기 위해 허덕이느라
세상 돌아가는 일이나 다른 사람의 일에는
무관심했다는 정도만 기억납니다.

지금 돌이켜보면
그야말로 '우물 안 개구리'가 따로 없었습니다.
내가 겪는 아픔이 세상에서 가장 큰 아픔 같았고
내가 하는 고민이 세상에서 가장 어려운 고민 같았습니다.

우리는 흔히 세상 물정 모르는 사람이나
시야가 좁은 사람을 빗대어 우물 안 개구리라고 부릅니다.
그래서 충고할 때 우물 안 개구리에서 벗어나
고정관념을 깨뜨리고 생각의 폭을 넓히라고 합니다.

그런데 우리가 우물 밖으로 나와야 하는
더 시급한 이유가 있습니다.
성공하기 위해서가 아니라
살아남기 위해서입니다.

지구의 중력은 달의 중력보다
여섯 배나 크다고 합니다.
지구에서 몸무게가 60킬로그램인 사람이
달에 가면 10킬로그램이 된다고 하지요.

아픔이나 고민의 무게도 마찬가지입니다.
나라는 우물에 빠져 느끼는 고민의 무게는
우물 밖에서 느끼는 고민의 무게보다
수십 배는 더 무겁습니다.

밖에서 보면 하잘것없는 일인데도
안에서 보면 생사가 걸린 문제처럼 보이지요.

지금 나에게 주어진 고민에만 집중하지 않고
기나긴 인생 전체를 보며
나의 시선을 더 멀리 둘수록

고민의 무게도 가벼워집니다.

유체이탈을 한 영혼이
자신의 육체를 굽어보듯이
나라는 우물 밖에서
나를 보는 연습이 필요합니다.

나라는 우물 안에 갇혀 있을 때
느꼈던 고민의 무게를
밖으로 나와 덜어내고
또 덜어내는 연습이 필요합니다.

성공하기 위해서가 아니라
살아가기 위해서 말입니다.

책임을 무엇이라고 생각하나요?
(책을 시계 방향으로 180도 회전해보세요.)

책임 vs Power(힘)

어떤 일이 잘 안 되었을 때, 그 '책임'을 잘못이라고만 생각하면 피하고 싶어집니다. 하지만 책임을 다해 좋은 결과로 바꾸어내겠다고 생각하면 그 책임은 곧 그 일을 해낼 수 있는 '힘Power'이 됩니다. 책임이란 어쩌면 할 수 있다는 동력의 다른 말이 아닐까요?

"요즘 호오포노포노ho-o-pono-pono를 하고 있는데,
제법 효과가 있는 것 같아."
"호오포노포노? 그게 뭔데?"
언니는 고대 하와이인들이 쓴 문제 해결법이라면서
《호오포노포노의 비밀》이란 책을 추천해주었습니다.

책을 읽다 보니 호오포노포노의 메시지 중에
"무슨 문제를 겪든지 그것은 백 퍼센트 내 책임이다."
라는 말이 있었습니다.

삶이 순탄치 않아 마음고생을 하던 제게

이 말은 쉽게 받아들이기가 어려웠습니다.
세상에는 내가 어떻게 할 수 없는 문제들이 얼마나 많은데,
그 문제들을 겪는 나에게 문제가 있다는 말로 들려
기분이 좋지 않았습니다.

그런데 책에 아주 놀라운 사연이 소개되어 있었습니다.
'현대 호오포노포노'의 권위자인 휴 렌Ihaleakala Hew Len 박사가
하와이의 한 정신병원에서 일하게 되었는데,
휴 렌 박사의 호오포노포노 치료법 덕분에
환자들이 모두 치유되어 퇴원하게 되었고
그 바람에 병동이 문을 닫았다는 이야기였습니다.

그의 치료법은 매우 간단했습니다.
박사는 환자들을 치유해야 할 대상으로 대하지 않았습니다.
오히려 환자들에게 문제가 있다고 생각하는
자신을 치유해야 한다고 보았습니다.

그런 마음으로 꾸준히 환자들을 대하면서
자신의 마음을 계속 치유한 결과,
환자들 역시 더불어 마음이 건강해지고
많은 사람이 퇴원할 수 있었다는 겁니다.

휴 렌 박사가 환자들을 대하는 태도를 보며
책임에 대해 다시 생각해보게 되었습니다.

환자를 치료하는 것이 의사의 책임이지만
책임져야 할 대상을 어떻게 바라보느냐에 따라
그 결과가 크게 바뀌었기 때문입니다.

어쩌면 책임을 받아들일 때
우리는 크게 두 부류로 나뉘는지도 모릅니다.
'잘못'으로 받아들이는 사람과
'힘'으로 받아들이는 사람.

저는 '잘못'으로 받아들이는 사람이었습니다.

"무슨 문제를 겪든지 그것은 백 퍼센트 내 책임이다."
그동안 책임은 곧 나의 잘못이라고 생각했습니다.
휴 렌 박사가 처한 상황으로 따지자면
'남이 아픈 게 왜 내 잘못이야, 말도 안 돼.'
이렇게 생각한 것이지요.

그런데 책임이 곧 해내는 힘이라고 생각하자,

많은 것들이 달리 보이기 시작했습니다.
잘못이라고 생각할 때는 피하고만 싶었는데
힘이라고 생각하니 적극 나서서 잡고 싶어졌습니다.

내 인생이 잘 풀리지 않는 것에 대한 책임은
'내 잘못'이 아니라며 도망치고만 싶었는데,
'내 힘'으로 바꿀 수 있다고 생각하니
내 인생과 마주하고 싶어졌습니다.

다른 사람과의 관계에서 문제가 생겼을 때도
다른 사람의 마음은 내가 어떻게 할 수 없으니
내 잘못이 아니라고만 생각했는데,
내 힘으로 바꿀 수 있는 내 마음의 문제라고 생각하니
내가 해결할 수 있는 문제가 되었습니다.

"무슨 문제든 백 퍼센트 내 책임"이라는 말이
더는 기분 나쁘게 들리지 않았습니다.
"무슨 문제든 내 힘으로 해결할 수 있다."라고
용기를 주는 말로 들렸습니다.

노력의 유통기한은
언제까지일까요?
(반시계 방향으로 180도 회전해보세요.)

노력 vs Exp(유통기한)

음식에만 '유통기한Exp'이 있는 것이 아니라 '노력'에도 유통기한이 있습니다. 어렸을 적 노력한 것으로 평생을 버티려는 안일한 태도가 노력의 수명을 단축시킵니다. 매 순간 신선한 노력으로, 조금씩 노력의 유통기한을 늘려주세요.

● 노력의 유통기한

"우리는 말이야, 위아래로 끼인 세대라서
피해 본 게 이만저만이 아니야."

한 번씩 동기와 이런 푸념을 늘어놓을 때가 있습니다.
변화무쌍했던 대한민국에서 살아온 사람 치고
자기가 과도기 세대라고 말하지 않는 사람이 없다지만
우리 80년대생, 밀레니얼 세대야말로
제대로 끼인 세대라며 목소리를 높입니다.

학창 시절에는 기를 쓰고 공부해서
나름 명문대라는 곳에 입학했습니다.

대학만 잘 가면 미래가 보장되었던 시대였기에
좋은 대학만이 목표였던 우리는 입학하고 나서
방향키를 잃은 배처럼 표류했습니다.

당시 선배들은 학점에 연연하기보다는
매일 잔디밭에 퍼질러 앉아 술판을 벌이며
사회를 논하고 캠퍼스의 낭만을 즐겼습니다.
그런 선배들을 따라 우리는 세상 무서운 줄 모르고
설렁설렁 편하게 대학 생활을 했지요.

그런데 졸업할 때가 되자 손바닥 뒤집듯 사정이 달라졌습니다.
더는 대학 간판이 취업을 보장해주지 않았습니다.
정신 차리고 보니 후배들은 신입생 때부터
학점이며 온갖 스펙 관리를 철저히 해왔습니다.
덜렁 맨몸으로 졸업해버린 우리는 취업이 미뤄질수록
점점 더 중무장한 후배들과 맞붙어야 했지요.

과도기 세대 운운하며 넋두리를 하지만
사실은 우리도 잘 압니다.
노력하지 않은 것에 대한
구차한 변명일 뿐이라는 것을요.

노력에는 유통기한이 있습니다.
10대의 노력은 20대까지,
20대의 노력은 30대까지,
30대의 노력은 40대까지 유효한
노력의 유통기한.

10대 때 죽어라 공부해서 명문대에 들어간 노력은
딱 20대까지 인정받았습니다.
풀어진 마음에 20대를 허송세월로 보내고 나니
30대에는 별 볼 일 없고 갈 데 없는 백수가 되었습니다.

반면 20대 때 누구보다 열심히 살던 지인은
30대에는 대기업에 들어가 승승장구했습니다.
그러나 그 지인도 대기업만 믿고 안주하다가
40대에 명예퇴직을 하게 되자
앞날이 막막하다며 하소연했습니다.

10대 때 노력해서 20대에 빛을 보더라도
20대에 노력하지 않으면 30대에 별 볼 일 없어지고,
10대에 노력하지 않아 별 볼 일 없는 20대가 되었더라도
그때부터 열심히 노력하면 30대에는 달라질 수 있습니다.

10대, 20대, 30대, 40대….
어느 때든 노력하지 않아도 되는 때는 없고
그 노력 여하에 따라 우리의 모습이 달라지는 것이지요.

그러니까 30대를 백수로 보냈지만
미친 듯이 책을 읽으며 열심히 살아온 저도
40대에는 조금 달라질 수 있지 않을까요.

신선함을 유지해야 하는 것은 음식뿐만이 아닙니다.
"내가 왕년에는 말이야…."라고 시작해
자신의 지나간 업적만 읊어대는 사람은
이미 유통기한이 지나 상해버린 우유를
버리지 않고 마시는 것과 같습니다.

유통기한 지난 우유는 미련 없이 버리고
신선한 우유로 냉장고를 채우듯이
유통기한 지난 노력에는 미련을 버리고
신선한 노력으로 삶을 채워야겠습니다.

나에게 고독한 시간을
선물하는 건 어떨까요?

고독 vs Talent(재능)

독일의 문호 괴테는 '재능 Talent'은 '고독' 속에서 이루어진다고 했습니다. 우리에게 재능이 없는 것이 아니라 고독한 시간이 부족했던 건 아닐까요? 나에게 집중하고 내가 품은 재능을 가만히 들여다보는 시간, 그런 시간을 선물해보면 어떨까요?

●　재능은 고독 속에서
　　이루어진다

"넌 뭐가 되고 싶니?"

어른들이 아이에게 묻습니다.
저도 이런 질문을 받으면서 자랐고
늘 무엇이 되고 싶은지 고민했습니다.

"훌륭한 사람이 되고 싶어요."
"선생님이 될 거예요."
"기자가 꿈이에요."

대답은 조금씩 달라졌지만

한 가지 달라지지 않았던 건
'무언가 되겠다'는 생각이었습니다.

어른이 되면 당연히
무언가 되어 있을 줄 알았습니다.
뭐라도 되어 있을 줄 알았습니다.

그런데 이상합니다.

저는 분명히 어른은 되었는데
아무것도 되지 못했습니다.
아무것도 되지 못했는데도
누구도 더는 제가 뭐가 되고 싶은지
묻지 않았습니다.

줄곧 자괴감에 빠져 있었습니다.
'내가 얼마나 열심히 살았는데,
나는 아무래도 재능이란 게 없나 봐.
사람들 눈에 얼마나 한심해 보일까.'

글을 쓰기 시작한 지금,

그 괴로움의 이유가 무엇인지
어렴풋이 알 것도 같습니다.

남 보기에 그럴듯한 사람이 되고 싶어서
어떤 사람이 되어야 그럴듯해 보일지만 생각하느라,
정작 내가 어떤 사람인지는 전혀 몰라서 아니었을까요.

선생님이 좋다니까 교사 자격증을 땄다가,
공무원이 좋다니까 공무원 시험도 봤다가,
그야말로 패키지여행을 다니는 사람처럼
남들 하는 대로 열심히 여기저기 옮겨 다녔습니다.

내가 무엇을 좋아하는 사람인지
내가 무엇을 할 때 가슴이 뛰는 사람인지
내가 어떤 생각을 하는 사람인지
그러니까 나라는 사람은 도대체 어떤 사람인지
제대로 설명하지도 못하면서 말입니다.

어쩌면 우리에게 가장 필요한 여행은
이런저런 경험을 많이 할 수 있는 패키지여행이 아니라
'나'를 제대로 들여다보는 혼자만의 여행일지 모릅니다.

어쩌면 우리에게 가장 필요한 시간은
오직 '나'에게만 집중하는,
진짜 '나'를 알아가는 고독한 시간일지 모릅니다.

그 고독함 속에서 진짜 내 모습을 알게 되었을 때
비로소 우리의 재능도 꽃피울 수 있는 것 아닐까요?

잘난 척하고 싶은 게 아니라
잘나고 싶은 것 아닌가요?

건방짐 vs big 꿈

'꿈'은 다른 누구의 것도 아닌 내 것이잖아요. 무모할 정도로 '크면big'
어때요. "저 사람보다 더 잘할 수 있겠는데?"라며 시작해도 좋고, "이
분야에서 최고가 될 거야."라고 목표 삼아 달려도 좋아요. '건방'질수
록 꿈의 크기가 커지고. 꿈꾸는 만큼 노력하다 보면 진짜 잘난 사람이
될 수 있지 않을까요?

● 건방진 꿈

여유로운 어느 주말 오후,
도서관에서 빌려온 책 대여섯 권을 쌓아놓고
침대에서 뒹굴며 독서 삼매경에 빠졌습니다.

그러다 손에 쥔 책 한 권.
문장도 서툴고 내용도 뻔한 것 같았습니다.
실망감을 감추지 못하고 혼잣말을 중얼거렸습니다.
"뭐야. 이런 책은 나도 쓰겠네."

그때부터였습니다.
'나도 내 글을 한 번 써볼까?'라고 생각한 것이요.

작가라는 꿈을 품게 된 것은
어떤 초보 작가를 우습게 본
건방짐에서 시작되었습니다.
(물론 그것이 얼마나 큰 오만이었는지는
글을 써보고 나서야 알게 되었습니다.)

꿈이란 이렇듯 건방짐으로 시작하지만
결국 겸손함으로 끝나는 것 아닐까요?

처음에는 호기롭게 덤비지만
꿈을 향해 한 걸음씩 나아갈수록
부족함을 깨닫고 겸손해지니 말입니다.

하지만 꿈을 꾸기도 전에 겸손해지면 어떻게 될까요?
"내 주제에 무슨…."
이런 말만 하면서 꿈꾸기를 포기하지 않았을까요?

손꼽히는 명저를 보면 존경심부터 생깁니다.
하지만 그렇게 뛰어난 책만 읽었다면
감히 작가가 되겠다는 꿈을 꾸지 못했겠지요.

누군가 권해도 손사래를 쳤을 겁니다.
꿈을 향해 한 발짝 내디뎌보기도 전에,
노력하기도 전에 꿈을 접었을 겁니다.

제가 어느 작가의 글을 보고 처음 꿈을 꿨듯
여러분도 자신을 겸손하게 만드는 사람보다는
조금은 건방지게 만들어주는 사람을
마음속 멘토로 삼아보았으면 합니다.

손만 뻗으면 꿈이 잡힐 것 같고
건방지더라도 꿈꾸게 해주는 사람.

'와, 이 정도 되려면 타고나야 돼.'
경외심을 불러일으키는 베테랑보다는
'솔직히 이 정도는 나도 하겠다.'
조금은 건방진 생각을 하게 하는 초보를,
꿈의 시작점 앞에 두고 가만히 따라가 보는 겁니다.

이 사람은 우리가 꿈꿀 수 있도록
자신감을 불어 넣어주는 멘토입니다.

"나도 했는데, 너도 충분히 할 수 있어.
처음부터 잘하는 사람이 어디 있니."라고
속삭여주는 사람입니다.

한 살 한 살 나이를 먹을수록
꿈을 꾸기가 더 어려워집니다.

별로 무서운 것이 없던 어린 시절에는
별의별 꿈을 다 꾸었지만
어른이 되고, 현실에 눈을 뜰수록
꿈은 작고 초라해지며 하나씩 사라지고 맙니다.

자꾸 주저앉아 버리고 싶을 때마다
포기하고 싶은 마음이 굴뚝같을 때마다
마음속에 숨겨둔 나만의 멘토를 보며
마음을 다잡고 일어설 수 있다면 좋겠습니다.

초심 vs 뒷심

"엄마."라는 말을 내뱉기까지 2,000번 넘게 "엄마."라는 말을 열심히 들었던 시절을 생각해봅니다. 고작 몇 번 해보고 "안 될 거야."라고 말하는 지금의 나, 무슨 일이든 될 때까지 시도했던 어린 시절의 '초심'을 잊어버려서가 아닐까요? 그런 마음으로 끝까지 버텨내는 '뒷심'이 절실하게 필요한 때가 아닐까요?

● 오늘을 버티게 해주는
　뒷심

"외국인이 다가와서 영어로 길을 물어보는데,
입이 딱 붙어서 영어가 한마디도 안 나오더라.
도대체 영어는 아무리 해도 늘지 않아."

외국인이 말을 걸어온 다음 날,
친구에게 하소연을 늘어놓았습니다.

그때 저는 미혼이었고,
친구는 어린아이를 키우고 있었습니다.

친구가 갑자기 제게 되물었습니다.

"너 영화로 영어 듣기 한다고 그랬지?
똑같은 거 몇 번이나 봤어? 한 100번 봤어?"

"야, 100번을 어떻게 봐."

저의 대답에 친구는 말했습니다.
"우리 애가 언제 말이 트이나 싶어서
관련 정보 찾느라 인터넷 뒤지다가 봤는데
아기가 엄마라는 말을 내뱉기까지
2,000번 넘게 엄마라는 말을 듣는대.
근데 넌 100번도 안 들어놓고
영어가 입에서 술술 나오기를 바라니?
네가 무슨 천재인 줄 알아."

친구의 말을 듣고 가만히 생각해보니
고작 몇 번 해보고 안 된다고 생각해온 건
영어뿐만이 아니었습니다.

취업하려고 원서를 넣을 때도 몇 번 떨어지자
'난 안 되나 봐.' 생각하고 접었습니다.
공모전을 준비할 때도 몇 번 해보고 떨어지니

'역시 안 되는구나.' 생각하고 그만두었습니다.

무엇을 해도 100번 넘게 도전하기는커녕
10번 넘어지기도 전에
실망하고 좌절해서 주저앉아버렸습니다.

언제부터인지 노력한 만큼
바로 결과가 나오지 않으면
안 된다고 한탄하게 되었습니다.

결과라는 것이 어느 정도 노력이 쌓여야
빛을 발하는 것일 텐데도
자판기처럼 노력이라는 동전을 넣자마자
눈에 띄는 결과가 나오기를 바랐습니다.

2,000번 넘게 "엄마."라는 말을 들은 다음에야
비로소 엄마라는 말을 내뱉었고,
2,000번 이상 걸음마를 시도하다 넘어지고 나서야
비로소 걸을 수 있게 되었다는 사실을,
까맣게 잊고 살았던 것 같습니다.

무엇이든 최소 2,000번은 노력해야
원하는 결과에 닿을 수 있다는 사실.

그것을 두말할 것 없이 당연하게 받아들이던
어린 시절의 초심이야말로
이 세상에서 버티게 해주는 뒷심이 아닐까요?

당신의 스타일을 남에게 맡길 건가요,
스스로 선택할 건가요?

선택 vs 스타일

무언가를 고를 때 별생각 없이 "아무거나."라고 말하고 있지 않나요?
나의 취향이 무엇인지 다른 사람에게 자신 있게 이야기할 만큼 잘 알
고 있나요? 하루하루 내가 결정한 사소한 '선택'들이 쌓여서 나만의 '스
타일'이 완성되는 법입니다.

● 나의 '선택'으로
만들어진
나만의 '스타일'

"'미션 임파서블' 개봉하는 날이잖아. 보러 갈 거지?"
"그래, 너 보고 싶으면 보자."
액션 영화를 좋아하던 남자친구와 영화를 볼 때면
늘 약속한 것처럼 액션 영화를 봤습니다.

"영화 뭐 볼까?"
"당연히 '레지던트 이블'이지!"
"그래. 난 아무거나 상관없어."
좀비 영화를 좋아하던 남자친구와 영화를 볼 때면
늘 당연한 듯이 좀비 영화를 봤습니다.

"나 '브리짓 존스의 일기' 보고 싶어."
"그래, 그거 보자."
로맨틱 코미디 영화를 좋아하는 친구와 영화를 볼 때면
늘 친구가 보자는 로맨틱 코미디 영화를 봤습니다.

어느 날 누군가 제게 물었습니다.
"넌 어떤 영화 장르를 좋아해?"
선뜻 대답하지 못했습니다.

지금까지 본 영화들을 생각해보니
전부 함께 봤던 사람이 선택한 영화였습니다.
제가 어떤 영화를 좋아하는지
저조차도 제대로 모르고 있었습니다.

그때부터 집에서 혼자 영화를 보기 시작했습니다.
다른 누군가에게 선택을 미루지 않고
스스로 선택해서 보기 시작했습니다.

혼자서 영화를 몇 번 보고 나서야 알았습니다.
내가 좋아하는 영화 장르는
액션도, 스릴러도, 로맨틱 코미디도 아닌

'가족 코미디' 영화라는 것을 말입니다.

자신만의 취향이라는 것은
저절로 생기는 것도, 저절로 아는 것도 아닙니다.
이것저것 선택해보며 내 감정을 들여다보고
수차례 시행착오를 거치며 깨달아가는 것이지요.

옷을 살 때 여러 번 실패하는 과정을 거치면서
자신에게 잘 맞는 스타일을
조금씩 깨달아가듯이 말입니다.

스스로 뭔가 선택하기 어려운 사람,
남의 의견에 휩쓸리기 쉬운 사람일수록
혼자 있는 시간이 필요한 게 아닐까요.

'혼자'서 뭔가를 결정하는 시간
'우리'의 선택이 아니라
'나'의 선택으로 채워진 시간.

아무도 대신 선택해주지 않는 상황으로
자신을 몰아넣은 다음

스스로 선택하기를 반복하다 보면
나조차도 몰랐던 숨어 있던 취향이,
자신만의 스타일이 하나둘 드러납니다.

저도 저만의 스타일을 계속 알아내기 위해
앞으로는 아무리 사소한 것이라도
직접 선택해보려 합니다.
남에게 선택할 기회를 미루지 않으려 합니다.

선택을 피하거나 미루는 것은
곧 나의 취향, 나의 스타일을 포기하는 것이니까요.

누군가에게 관심받고 싶어서
~한 척하고 있지는 않나요?

~한 '척'해서 얻는 타인의 관심보다 중요한 것은 내가 나에게 갖는 '관심'입니다. 남들의 관심에 따라 내 행복과 불행이 결정되지는 않으니까요. 지금 내가 행복한지, 불행한지, 정성스럽게 들여다봐 주세요.

형은 동생이 미웠습니다.
동생이 태어나면서 부모님의 관심을 빼앗겼기 때문입니다.

그런데 어느 날 말썽을 피웠더니
부모님이 자신을 혼내는 데에 많은 시간을 쓰는 겁니다.
오랜만에 부모님의 관심을 독차지한 형은
이후로도 부모님의 관심을 받고 싶을 때마다
문제가 되는 행동을 일삼게 되었습니다.

언니는 동생을 잘 보살핍니다.
동생과 터울이 많이 지지 않는데도

동생이 태어나자 부쩍 어른스러워졌습니다.
떼를 쓸 법도 한데 착하게만 행동합니다.
그래야만 부모님이 관심 갖고 칭찬해주니까요.
착한 아이 콤플렉스에 빠진 언니는
부모님의 진심 어린 관심이 그립습니다.

아이는 늘 부모의 관심에 굶주립니다.
엄마아빠의 관심을 끌기 위해
두 가지 방법 중 하나를 씁니다.

말썽 피우는 나쁜 아이가 되거나,
말 잘 듣는 착한 아이가 되는 것.

처음부터 그런 성향을 가진 것이 아니라
부모가 아이의 어떤 행동에 더 관심을 두느냐에 따라
말썽꾸러기나 착한 아이가 되는 것입니다.

이렇게 자란 아이는 성인이 되어서도
타인의 관심에 굶주립니다.
이때도 두 가지 방법 중 하나를 씁니다.
행복한 척하거나, 불행한 척하거나.

어떤 이는 SNS에 즐거워 보이는 사진만 올립니다.
행복한 척하는 모습을 자랑하면
사람들이 부러워하며 관심을 보이니까요.

또 다른 사람은 자신의 신세를 한탄하거나
불평불만을 늘어놓으며 불행을 과시합니다.
그러면 사람들이 위로하며 관심을 보이니까요.

그러나 척하는 사람들은 관심이 필요할 뿐
진짜 행복한 사람도 아니고
진짜 불행한 사람도 아닙니다.

진짜 행복한 사람은
다른 사람에게 자랑할 필요를 못 느끼고
진짜 불행한 사람은
죽는소리를 늘어놓을 여유조차 없을 테니 말입니다.

행복한 척해서 받는 '좋아요'의 숫자나
불행한 척해서 받는 따뜻한 위로에 길든다면,
부모의 관심에 따라 바뀌는 아이와 무엇이 다를까요?

사람들이 부러워할 만한 행복에만 집중하고
사람들이 동정할 만한 불행에만 집중한다면
정작 내가 무엇을 할 때 행복하다고 느끼는지
알 수 없게 됩니다.

누가 뭐라 하든, 나의 행복은
다른 누구도 아닌 나 자신의 관심을 통해서만
발견할 수 있는 게 아닐까요?

타인이 아닌 자신의 관심으로 스스로 길들일 때
비로소 '척'이 아닌 진짜 행복을 얻을 수 있을 겁니다.

욱하고 마는 이 똥 같은 감정,
시원하게 버릴 수 없을까요?

똥 vs 감정

'감정'은 '똥' 같은 것입니다. 배출하지 못하면 답답하고, 어떤 형태로 나올지 알 수 없으며, 내보내고 나면 시원한 것. 몸에 안 좋은 것을 먹으면 똥은 냄새도 지독하고 색깔도 황금색이 아닙니다. 평소에 좋은 식습관을 가져야 건강한 똥을 눌 수 있는 것처럼, 평소에 건강한 마음습관을 가지면 '분노' 같은 지독한 똥은 줄일 수 있지 않을까요?

● 이런 '똥' 같은 감정

"나 분노조절 장애인가 봐."
두 아이를 키우는 친구가 욱해서
아이에게 한바탕 쏟아부었다며
하소연을 늘어놓았습니다.

"맞아, 나도 욱할 때가 많아."라고 대답하며
고개를 끄덕였습니다.
평소에 좀처럼 흥분하지 않고 차분한 편인데도
육아를 할 때만큼은 욱하는 마음을 참기가 힘듭니다.

하지 말라는 것만 골라서 해대는 아이 때문에

순간 화가 치밀어 오르고, 일단 한번 화가 나면
분노조절 장애인가 싶을 만큼 참기 힘들었습니다.

과연 분노를 조절한다는 것이 가능한 일일까요?
프랑스의 철학자 미셸 몽테뉴Michel Eyquem de Montaigne가
이렇게 말했습니다.
"다른 무기는 인간이 그것들을 사용하지만
분노라는 무기는 반대로 인간이 이용당한다."라고요.

'어벤져스'에서 헐크로 변신한 브루스 배너를 생각해봐도,
그가 헐크를 움직이게 하는 게 아니라
헐크가 그를 움직이게 합니다.
헐크가 되기 전까지는 자기 의지대로 움직이지만
한번 헐크로 변하고 나면 이성으로 조절하기 어렵습니다.

그러니까 우리도
헐크로 변한 나를 뜻대로 움직이려고 애쓸 게 아니라
애초에 헐크로 변신하지 않도록 애써야 하지 않을까요.

분노를 조절하는 게 아니라
분노하는 일 자체가 없도록

평소에 감정을 잘 보살피자는 말입니다.

감정은 똥 같은 것입니다.

우리가 화장실에 들어간 다음에는
어떤 똥을 눌지 우리 힘으로 조절할 수 없지요.
똥은 우리가 평소에 먹은 음식에 따라
결정되는 것입니다.

우리가 평소에 감정을 세심하게 보살핀다면,
우리의 화를 돋우는 일이 벌어졌을 때도
분노라는 건강하지 못한 똥이 아니라
공감이라는 건강한 똥을 눌 수 있지 않을까요.

그래서 요즘은 틈날 때마다
감정에 좋은 음식을 먹듯이
육아 책을 보고 나를 들여다봅니다.

아이가 말을 안 들을 때
어떤 감정을 느껴서 그런 것인지,
부모가 아이 때문에 욱할 때는

어떤 감정을 느껴서 그런 것인지,
그 감정들의 정체를 알고 나면
공감하지 못할 일이 없습니다.

가끔은 분노라는 똥이 나오기도 하지만,
계속 감정에 좋은 음식을 찾아 먹는다면
점점 공감이라는 똥이 나오는 횟수가 늘어나겠지요.

그렇게 우리가 세상에 배출하는 감정들이
모두 건강한 '똥'이었으면 좋겠습니다.

당신의 행복이 보이나요?

(시계 방향으로 90도 회전해보세요.)

사소 vs 幸(행복할 행)

오늘 하루 몇 번이나 웃었나요? 우리가 웃음에 너무 인색한 건 아닐까
요? '사소'해서 무심코 지나쳤던 일을 다시 한번 천천히 둘러보세요.
'행⊹복'은 언제나 대단한 일이 아니라 하찮을 만큼 사소한 일들 속에
숨어 있습니다.

● 행복의 문턱 낮추기

"뭐가 그렇게 재밌어?"
웃음보가 터진 남편에게 물었습니다.
"이것 좀 봐."
터져 나오는 웃음을 간신히 진정시킨 남편이
무언가를 보여줍니다.

"이게 뭐야."
대꾸하며 저도 피식피식 웃음이 새어 나왔습니다.
남편이 보여준 것이 우스워서가 아니라
별것 아닌 것에도 숨넘어갈 듯 웃는 남편이 귀여워서요.

웃음이 많은 남편을 보며 그런 생각이 들었습니다.

'내가 너무 웃음이 없어진 건 아닐까?'

'나도 학창시절에는
낙엽 굴러가는 소리에도 까르르 웃던 소녀였는데.
다음 날이면 무슨 일로 웃었는지 생각도 안 날 만큼
사소한 일에도 배꼽을 잡으며 웃고는 했었는데….'

한 살 한 살 나이를 먹고 세상의 때가 탈수록
얼굴에서도 웃음기가 점점 사라졌습니다.
어느 순간 몰라보게 삭막한 어른이 되어버렸습니다.

사실 그런 변화를 대수롭지 않게 생각했습니다.
'어른이 되었으니 어쩔 수 없지.'
'어른이 된다는 건 그런 것이겠지.'
남들도 다 똑같을 거라며 위안 삼았습니다.

하지만 똑같은 어른인데도 삭막하기는커녕
천진난만한 남편을 보며 깨달았습니다.

어른이 되어서 변한 것이 아니라
제가 살면서 달라졌기 때문이란 것을,
어느 순간 제게 달려드는 웃음의 문턱이
턱없이 높아져 버렸다는 사실을 말입니다.

웃음과 행복은 마치 뜀틀처럼
우리가 만들어둔 문턱을 넘어옵니다.

문턱이 낮은 사람에게는
사소한 행복도 풀쩍 뛰어넘어 옵니다.
하지만 웃음의 문턱이 높은 사람에게는
사소한 행복은 쉽게 걸려 넘어지고 맙니다.

어쩌면 아무리 찾아도
내 행복만 없다고 느끼는 것,
웃음을 점점 잃어버리는 것이
내 웃음의 문턱이 높아서가 아닐까요?

어쩌면 나의 행복이, 나의 웃음이
아직 그 문턱을 넘어오지 못한 것은 아닐까요?

행복이 넘어오는 문턱이 낮을수록
우리가 발견하고 느끼게 되는 행복도
훨씬 더 많아질지 모릅니다.

당신의 행복이,
당신에게 가닿을 수 있도록
문턱을 조금 낮춰보는 건 어떨까요?

쓴맛을 아는 이야말로
인생의 맛을 아는 사람 아닐까요?

쓴맛 vs 삶(인생 생)

인'생生'에는 여러 가지 맛이 있습니다. 단맛, 짠맛, 매운맛…. 그중 '쓴맛'은 제대로 음미하기까지 오랜 시간이 걸리고, 여운도 오래도록 남습니다. 가끔 우리를 더 고통스럽게 하고요. 하지만 그 덕분에 우리의 입맛도 좀 더 어른스러워지는 것 아닐까요? 쓴맛을 즐길 줄 아는 인생이라면, 지금 우리 꽤 잘 살아내고 있는 겁니다.

● 술맛은 달짝지근한
  어른의 맛

카페에 가면 앵무새처럼 반복하는 말이 있습니다.

"아메리카노 한 잔 주세요."

이른 아침, 잠이 덜 깬 눈을 비비며 커피 한 잔을 홀짝입니다.
식사를 하고 노곤해진 몸을 깨우는 데도
커피만 한 것이 없지요.
하루 평균 두어 잔 이상은 거뜬히 마시는 것 같습니다.

그때마다 취향은 한결같이 아메리카노.
우유나 시럽, 초콜릿을 더해 단맛을 즐기기보다

쌉싸래한 커피 고유의 맛을 즐깁니다.

따지고 보면 처음부터 이 맛을 즐기지는 않았습니다.
난생처음 커피를 맛보았을 때는
한동안 달달한 커피믹스만 마셨습니다.
그런데 아메리카노의 맛을 알아버리고 나서는
설탕이 들어간 커피를 입에도 안 대게 되었습니다.

과일도 그렇습니다.
다디단 오렌지라면 사족을 못 쓰던 어릴 적,
언니가 먹는 자몽을 보고 군침이 돌아
무심코 한 알 집어먹었다가
입안에 확 퍼지는 시큼쏠쏠한 맛에 얼마나 놀랐던지요.
그 후 한동안 손도 대지 않았었는데
지금은 자몽이 가장 좋아하는 과일이 되었습니다.

술도 마찬가지입니다.
어렸을 때는 어른들이 소주를 마시는 모습을 보면
그 쓴맛이 뭐가 좋다고 부어라 마셔라 하는지
도무지 이해할 수 없었지요.
그런데 지금은 먼저 쓰디쓴 술을 찾거나

술로 목을 축이며 감탄사를 내뱉습니다.

"캬아, 오늘은 술이 참 달다."

쌉싸래한 아메리카노.
쌉쓸한 자몽.
쓰디쓴 소주 한잔.

대상의 맛은 그대로인데 사람의 입맛이 바뀌어
즐기지 못했던 맛을 즐기게 되는 것.
어쩌면 인생이란,
어른이 된다는 것은, 그런 것 아닐까요.

인생의 쓴맛.

그 맛은 처음부터 인생에 존재했을지 모릅니다.
다만 우리가 그 맛을 제대로 느낄 때까지
시간이 필요했던 것이지요.

인생의 맛을 바꾸겠다고 아무리 아등바등해도
그 쓴맛을 완전히 없애기란 불가능합니다.

대신 인생의 맛은 바꿀 수 없어도
내 입맛은 바꿀 수 있습니다.

어린아이처럼 단맛만을 기대하던 내 입맛을
쓴맛도 즐길 줄 아는 어른의 입맛으로 바꿔보면 어떨까요.

인생이 쓰다고 불평불만을 늘어놓는 사람은
술이 쓰다고 툴툴대는 사람이나 다를 바 없습니다.

아메리카노를 즐기고 소주를 즐기듯이
인생의 쓴맛을 즐기다 보면,
술이 달다고 느껴지는 때처럼
인생이 달다고 느껴지는 때도 오지 않을까요.

꽃을 피우려 애쓰고 있지 않나요?

꽃 아니다 vs 사람이다

꽃을 피워야만 존재 가치가 있는 걸까요? 우리는 꽃이 아니라 사람인 걸요. 태어나는 그 순간부터, 그 자체로 소중한 존재 말입니다. 누구를 위해, 무언가를 위해 자신을 증명하려고 하지 마세요. 나의 증명은, 바로 '나'라는 존재 그 자체이니까요.

● 자기 증명에 대한
  욕구

봄이면, 새하얀 솜털 같은 민들레 홀씨가
봄바람을 타고 날아다닙니다.
여름이면, 따사로운 아침 햇살을 맞으며 깨어난 나팔꽃이
담장을 타고 올라갑니다.
가을이면, 길가에 나란히 줄지어 선 코스모스가
하늘하늘 춤을 춥니다.
겨울이면, 새색시의 입술처럼 붉고 탐스러운 동백꽃이
수줍게 꽃잎을 피웁니다.

그 모습을 보며 어떤 사람들은 말합니다.

"각양각색의 꽃들도 활짝 꽃피울 시기가 제각각인데
사람이라고 다를까. 다 때가 있는 것이니
묵묵히 기다리며 준비하면 된다."고요.

하지만 이런 말이 위로가 되지 않을 때가 있습니다.

꽃피움이 성공이라면
우리가 일반적으로 생각하는 성공,
다른 사람들이 알아줄 만한 성공은
누구나 이룰 수 있는 것이 아니니까요.

'아무리 노력해도 제자리이고,
꽃은커녕 잎이 바짝바짝 말라가는데
꽃 한번 피워 보지도 못하고 져버리는 게 아닐까.'

이대로 꺾이거나 져버릴 것 같은 두려움,
나의 계절은 영영 오지 않을지도 모른다는 불안감.
그래서 사람들은 하루라도 더 빨리 꽃을 피워
나도 아름다운 꽃 한 송이라는 사실을 확인받고 싶어집니다.

어쩌면 인생을 꽃피우려 안간힘을 쓰는 이들의 내면에는

사랑받지 못한 아이의 마음이
숨어 있는지도 모릅니다.

독일의 바이올린 장인 마틴 슐레스케Martin Schleske는
"사랑받고 있음을 아는 사람은
아무것도 증명하지 않아도 되지만
사랑을 믿지 않는 사람은
주변에 늘 자신을 증명하려 하고
자기가 얼마나 괜찮은 사람인지 보여주려고 한다.
그러나 자기 존재에 대한 허기는
무엇으로도 채울 수 없다"라고 말합니다.

지금 꽃을 피우려 안간힘을 쓰는 마음속 뿌리가
성장에 대한 욕구인가요,
아니면 증명에 대한 욕구인가요.

내면에 뿌리박힌 마음이 자기 증명에 대한 욕구라면
아무리 꽃을 피워도 만족하지 못할지도 모릅니다.
자기 존재에 대한 허기는 절대 채워지지 않을 테니까요.

사람은 꽃이 아닙니다.

꽃피웠을 때만 존재의 가치가 있는 것이 아니라
세상이 알아주지 않아도 그 자체만으로
더없이 아름다운 존재입니다.

우리에게 성공이란
'꽃피움'이 아니라 '존재함' 그 자체 아닐까요.
숨 쉬는 매 순간순간이 모두 나의 계절 아닐까요.

우리는 한철 피었다 지고 마는 꽃이 아니라
사계절 푸르른 삼나무처럼
언제나 가슴 뛰는 사람이니까요.

태어난 것만으로도,
우리의 삶은 기적 아닐까요?

삶 vs 기적

우리가 한 생명으로 태어날 확률은 '0'에 가깝다고 합니다. 그 이유만
으로도 우리는 얼마나 '기적' 같은 존재인가요? 우리의 '삶'은, 우리에
게 주어진 하루하루는 또 얼마나 기적 같은 나날들인가요?

● 나에게 넌
   언제나 기적

"여기, 점 같은 거 보이시죠?
임신 맞는 것 같네요."

의사의 말을 듣고도 실감이 나지 않았습니다.
잘 보이지도 않을 만큼 너무 작은 점이라
이 작은 점이 생명이라는 사실이,
제 배 속에서 자라고 있다는 게
믿기지 않았습니다.

그 작은 점이 쑥쑥 커서 사람의 형체가 되고
어느덧 손에 잡히는 생명이 되어

가슴에 안아보게 되었을 때도
엄마가 되었다는 사실이 믿기지 않았습니다.

어떻게 쉽게 믿을 수 있을까요.
그 신비로움과 그 기적 같은 일들을 말입니다.

우리가 태어날 확률은
0에 가까울 만큼 희박하다고 합니다.
저도, 제 아이도, 여러분도
실은 태어난 사실만으로
기적 같은 존재인 셈입니다.

하지만 정작 자신이
기적 같은 존재라고 느끼는 경우가
과연 얼마나 될까요.

저는 기적 같은 존재라고 느끼기는커녕
'나 같은 게 왜 태어났을까.'
자학하는 사람이었습니다.

'이런 삶을 살 바에야

태어나지 않았으면 좋았을걸.'
나의 삶을 부정하는 사람이었습니다.

그런데 아이라는 존재가 탄생하고
제게로 오는 기적 같은 과정을
직접 겪어보고야 알았습니다.

이 아이가 얼마나 기적 같은 존재인지.
나 역시 얼마나 기적 같은 존재인지.
우리가 모두 얼마나 기적 같은 존재인지 말입니다.

세상에는 두 부류의 사람이 있다고 합니다.

삶에 기적 같은 건 없다고 믿는 사람과
삶의 모든 순간이 기적이라고 믿는 사람.

살면서 기적을 어떻게 받아들이느냐에 따라
기적은 가까이 있을 수도 있고
절대 찾지 못할 만큼 멀어질 수도 있습니다.

기적을 '상식적으로 불가능한 일'이라고 믿으면

세상에서 기적을 찾기 힘들겠지만
'가까이에서 벌어지는 놀라운 일'이라 믿으면
얼마든지 찾아낼 수 있는 것 아닐까요?

저는 기적을 믿지 않는 사람이었지만
이제 기적이라는 것을 믿어보려 합니다.
삶의 매 순간순간이 기적이라고 믿어보려 합니다.

아이가 저에게 기적이라는 것을 깨우쳐줬듯이
저도 아이에게 삶이 얼마나 기적 같은지 알려줄 수 있도록
저부터 그 기적을 매일매일 느껴보려고 합니다.

part 2

●

너에게 당당해질수록
가까워지는 행복

엄두가 나지 않는 때일수록
일단 뭐라도 해보는 것이 어떨까요?

엄두 vs 能(가능할 능)

'엄두'를 못 내면 아무리 쉬운 일이라도 할 수 없습니다. 하지만 엄두를 내면 아무리 어려운 일이라도 할 수 있게 됩니다. 엄두를 내고 또 내다 보면, 언젠가 '능能'하게 되지 않을까요?

"엄마, 왜 나한테 거짓말했어?"

초등학생 아이를 둔 지인의 집에 놀러 갔을 때,
수학 문제를 풀던 아이가 뜬금없이 물었습니다.

무슨 말이냐는 지인의 대꾸에 아이가 말했습니다.

"엄마가 쉽다고 생각하면 쉽고
어렵다고 생각하면 어렵다고 했잖아.
그래서 내가 쉽다고 생각하면서 풀었는데
어려워서 도저히 못 풀겠거든."

지인이 웃으며 답했습니다.

"쉽다고 생각하며 풀어봤다는 게 중요한 거야.
어렵다고 생각했으면 풀 마음이 들었겠어?
해보고 나서 '어렵구나.'라고 느끼는 거랑
해보기도 전에 '어렵겠구나.'라고 느끼는 건
하늘과 땅 차이란다."

두 사람의 대화를 듣다 보니
미국의 수학자 존 밀너John Milnor의 일화가 떠올랐습니다.

존 밀너가 대학생이었을 때입니다.
수업에 늦어 강의실로 헐레벌떡 뛰어들어갔더니,
교수는 이미 수업을 시작했고
칠판에 수학 문제 세 가지가 적혀 있었습니다.

그는 무심코 생각했습니다.
'아, 이게 오늘의 과제인가 보구나!'

혼자 끙끙대며 문제를 풀었지만,
쉬이 풀리지 않았습니다.

'이번 과제는 꽤 어려운데.'

그는 결국 다 풀지 못한 채로
다음 시간에 과제를 제출하며 말했습니다.
"교수님, 과제가 어려워서 한 문제밖에 못 풀었습니다."

과제를 받아든 교수는 까무러칠 정도로 놀랐습니다.
교수가 지난 수업시간에 칠판에 쓴 문제는
수학계의 오래된 미해결 난제였기 때문입니다.

존 밀너가 '이름난 수학자들조차 못 푼 난제라니,
아무리 해도 답이 안 나오는 문제인가 보다.'라고
생각하며 처음부터 풀어볼 엄두도 못 냈다면,
이런 전설의 주인공이 되지는 못했겠지요.

세상에 엄두도 못 낼 일이란 없습니다.
"어렵기 때문에 엄두를 못 내는 것이 아니라
엄두를 못 내기 때문에 어려운 것."이라는
철학자 세네카Seneca의 말처럼 말입니다.

불가능하다고 생각해 엄두도 못 내던 일이

일단 시작하는 순간 가능한 일로 바뀝니다.
그리고 시작한 일을 반복하다 보면
결국 잘 해내게 됩니다.

존 밀너처럼 대단한 일은 아니더라도
그동안 엄두가 안 나서 미뤄왔던 일 중
한 가지라도 오늘 해보면 어떨까요.

일단 시작하고 나면
'별일 아니었네.' 싶을 수도 있지 않을까요.

지금 당신에게는
어떤 용기가 필요한가요?

포기 vs 용기

때때로 우리에게는 '포기하지 않는 용기'보다 '포기하는 용기'가 더 필요한 법입니다.

● 포기하는 데
   더 큰 용기가
   필요하다

"저, 그만두려고요."
몇 년간 준비하던 시험을 그만두겠다는 선언.

열심히 해오던 무언가를 포기하겠다는 선언은
열심히 하겠다는 선언보다 얼마나 더 어려울까요?
저 역시 그만두겠다는 말을 입 밖으로 내뱉기까지
목구멍에서 맴도는 말을 몇 번이나 꾹꾹 눌러 삼켰습니다.

한 우물만 파도 될까 말까인 세상입니다.
적어도 십 년은 파야 빛을 볼 수 있다는데
저는 서른이 넘어서도 갈피를 잡지 못한 채

이 우물 저 우물 찔끔찔끔 파고 다녔습니다.

그럴 땐 한 분야에서 타고난 재능을 보여
한 우물만 판 친구들이 무척 부러웠지요.
최소한 어떤 우물을 팔지 고민하지 않아도 될 테니까요.

물론 어떤 우물을 파더라도
누구에게나 용기는 필요합니다.
'내 길'을 고르는 일이니 말입니다.

하지만 따지고 보면 처음 우물을 팔 때는
생각보다 대단한 용기가 필요하지 않았습니다.
할 수 있다는 자신감을 불어 넣어주는,
한 걸음 뗄 작은 용기면 충분합니다.

그런데 한참 열심히 파던 우물에서
손을 떼고 나와야 할 때,
그때는 정말 큰 용기가 필요합니다.

그동안 쏟아부었던 노력을
스스로 물거품으로 만드는 일이고

나의 선택이 틀렸다는 걸 인정해야만 하니까요.

그래서 사람들은 '내 길'이 아니다 싶어도
단번에 용기 내기보다 일단 버티기를 선택합니다.

지금까지의 노력을 헛되이 만들고 싶지 않아,
나의 선택이 틀렸다는 사실을 인정하기 싫어서,
한참을 끙끙 앓고 나서야 겨우 놓게 됩니다.

자신의 노력을 붙잡으려다가
결과적으로는 더 많은 시간과 노력을
흘려보낸 셈입니다.

하지만 지나고 나서 돌이켜보니
큰 용기를 내서 포기한 일은 후회한 적이 없고
두고두고 잘한 선택이라고 느꼈습니다.

무언가를 포기한다는 것은 잃을 게 많다는 것이기에
더 치열하게 고민하고 판단하게 됩니다.
허투루 판단해 잘못되기보다 옳을 때가 더 많습니다.

'이건 정말 아니다 싶은데….'
'지금이라도 돌아서는 게 맞는 것 같은데….'

만약 지금 그런 생각이 든다면
때로는 과감하게 포기해도 괜찮습니다.
그건 어쩌면 더 큰 실수를 바로잡을 기회일지 모릅니다.

더 많은 걸 잃지 않기 위해서,
적어도 나 자신만은 잃지 않으려면
최선을 다해 용기 내야 하지 않을까요?

포기하지 않는 용기 대신 포기하는 용기 말입니다.

남의 시선 따위는 버리고
"남이사!!"라고 외쳐보는 건 어때요?

남의 시선 vs 남이사!!

'남의 시선' 때문에 휘청거리고 있지 않나요? 남이 어떻게 볼까 신경 쓰는 대신, 내가 나를 어떻게 볼지 더 많이 생각해보세요. 그러고 나서 주눅이 든 어깨를 펴고 똑바로 선 다음 "남이사!!"라고 외쳐보세요.

● '오지라퍼'에게는
남이사가 답

"요즘 어디 사람 많은 곳에 가기가 겁나.
맘충 소리 들을까 봐…."

엄마가 되기 전에는
남의 시선을 신경 쓸 일이 별로 없었습니다.
먼저 튀는 행동을 하지만 않는다면
남에게 주목받을 일이 없었지요.

그런데 엄마가 되고 나니 사정이 달라졌습니다.
어딜 가든 사람들의 시선을 받게 되었습니다.
아이가 귀엽다며 말을 걸어오는 이들도 많아졌고

밖에서 아이가 울면
주위에서 따가운 시선이 느껴졌습니다.

남의 시선을 꽤 신경 쓰는 편이었던 저에게
아이 때문에 남의 눈치를 봐야 하는 상황이란
말도 못할 스트레스였습니다.

맘충이라는 신조어까지 생기고 나니 더욱 그랬습니다.
아이를 데리고 밖에 나가는 것 자체가 꺼려지고
사람이 많은 곳에서는 맘충으로 보일까 봐
행동 하나하나가 조심스러웠습니다.

몇몇 육아 선배들과 외식하는 자리에서 말했습니다.
"엄마들이 외식할 때
애들한테 왜 휴대폰을 보여주는지 이제 알겠어.
자기 편하자고 그러는 게 아니라
남들한테 피해 줄까 봐 그러는 거였더라고."

한 선배가 말을 받았습니다.
"너도 이제 알겠지? 다들 겪어봐야 안다니까.
엄마들이 보여주고 싶어서 보여주는 게 아니야.

애들이 통제가 안 되니까 밥을 먹을 수가 없고
자꾸 주위에 민폐 끼치니까 조용히 하라고
어쩔 수 없이 휴대폰 주는 건데,

그러면 또 사람들이 뭐라고 하는지 아니?
요새 엄마들은 자기 편하자고
애한테 동영상 같은 거나 보여준다느니
다 들리게 뒤에서 수군거린다니까."

그 말에 저는 한숨을 내쉬었습니다.
"요즘 어디 사람 많은 곳에 가기가 겁나.
맘충 소리 들을까 봐….
뭘 할 때마다 눈치를 본다니까.
'이러면 내가 맘충인가' 싶어서."

옆에 있던 선배가 제 등을 토닥이며 말했습니다.
"걱정하지 마. 너 절대 맘충 아냐.
진짜 맘충 소리 들을 만한 사람들은
그런 말 신경도 안 써."

"아이 데리고 다니다 보면 이래라저래라

잔소리하는 사람들을 얼마나 많이 만나는데.
나도 처음에는 말 한마디에 상처받고 그랬는데
요새는 그냥 겉으로 맞춰주면서
속으로는 '남이사'라고 하며 흘려들어버려."

남의 눈이 무섭다고 아이를 집 안에서만 키울 수 없으니
저도 이제 속으로 "남이사!!"라고 외치는 연습을 합니다.

그렇게 조금씩 아줌마가 되어갑니다.

당신의 혼밥 레벨은
몇인가요?

혼밥 vs 독립

'혼밥' 레벨이 높을수록 밥 먹는 즐거움이 더 커집니다. 당신의 혀는 오직 음식의 맛에만 집중하고, 당신의 시선은 눈앞에 놓인 맛있는 음식에 집중하며 당신의 의식은 즐겁게 먹고 있는 당신에게만 집중하게 될 테니까요. 그러니 타인의 시선에서 '독립'해 지금보다 딱 한 단계만 혼밥 레벨을 높여보는 건 어떨까요?

● 엄마혼밥만세!

기념일을 맞아 남편과 아이를 데리고
근사한 레스토랑에서 식사하던 중이었습니다.

"혼밥이 대세긴 대세인가 봐.
레스토랑이면 혼밥 레벨이 몇이야?"

남편의 말에 주위를 둘러보니
건너편에서 한 남자가
홀로 앉아 밥을 먹고 있었습니다.

순간, 느긋하게 포크질을 하는 남자가

그렇게 부러울 수가 없었습니다.

하루 24시간을 아이와 붙어 있다 보니
혼자 있는 시간이 얼마나 소중한지
알게 되었기 때문입니다.
한순간도 혼자일 수 없다는 사실이
얼마나 큰 고통인지도 말입니다.

아이와 함께하는 식사 시간은 전쟁이 따로 없습니다.
입이 짧은 아이에게 한 숟갈이라도 더 먹이려
신경을 곤두세운 채 쫓아다니다 보면
내 밥은 맛을 느끼기는커녕
어디로 들어가는지도 모르게 흡입하게 됩니다.

자연스레 밥 먹는 속도는 점점 빨라지고
밥 먹는 즐거움은 점점 사라져갔습니다.

아무런 방해도 받지 않고
오롯이 맛을 느끼는 데에만 혀를 쓰면서
느긋하게 혼자 식사를 즐길 수 있는 여유.
그 여유를 즐길 수 있을 때

맘껏 즐기지 않았던 것이 얼마나 후회되던지요.

분명 결혼을 하고 아이를 낳기 전에는
혼자 무언가를 한다는 것이 싫었습니다.

'혼자'에 대한 시선이 부정적이던 때라
외톨이로 보일까 두렵기도 했지만,
무엇보다도 제 마음이
'혼자'보다는 누군가와 '함께'일 때
안심이 되었습니다.

부모나 친구가 꼭 옆에 붙어 있어야
안심하는 어린아이처럼,
심리적으로 독립하지 못한,
미성숙한 어른아이였던 셈입니다.

이제 혼밥을 하고 싶어도
하기 힘든 처지가 되었지만
지금이라도 기회가 될 때마다
"엄마 독립 만세!"를 외치며
혼밥을 해보려 합니다.

식탁에 대충 차려놓고
허겁지겁 먹는 혼밥이 아니라
이왕이면 잘 차려진 한 끼 식사로요.

저의 혼밥 레벨이 올라갈수록
가정의 평화도 함께 올라가지 않을까요.

낯가림을 꼭 고쳐야 할까요?

낯가림 vs antenna(안테나)

낯가림쟁이들은 누군가 자신에게 다가오려 할 때마다 예민해지는 소심한 사람이 아닙니다. 사람들에게 차마 다가가지 못하고 혼자서 서성이는 누군가의 마음도 세심하게 들여다볼 줄 아는 뛰어난 관찰자입니다. 그렇다면 '낯가림'이란 고쳐야 할 단점이 아니라 우리에게 주어진 특별한 '안테나antenna'가 아닐까요?

● 낯가림쟁이의
특별한 안테나

유모차에 아이를 태우고 가게에 구경을 갔습니다.
주인이 바짝 다가와 아이를 어르며 귀여워하자,
낯선 아저씨의 관심에 놀랐는지
아이는 겁먹은 얼굴로 울어버렸습니다.

"아이가 낯가리나 봐요."
주인이 말을 건넸습니다.
"네. 낯을 좀 가려요."
대답하니 그가 이어서 말했습니다.
"낯가림은 엄마 탓이에요."

그는 아이를 자주 밖에 데리고 나와야 한다,
낯선 사람들을 많이 접하게 해줘야 한다,
엄마가 아이의 낯가림을 고쳐줘야 한다는 등
한참 잔소리를 늘어놓았습니다.

낯가림은 타고나는 것인데 그게 왜 엄마 탓이냐고,
병도 아닌데 왜 고쳐야 하느냐고,
뜨거운 것이 울컥하고 목구멍까지 차올랐지만
차마 밖으로 뱉어내지 못한 채
가만히 듣고만 있었습니다.

사실 그의 말에 예민하게 반응했던 건
저 역시 낯가림을 타고났기 때문입니다.
종일 껌딱지처럼 엄마 곁에 붙어 있었고
떨어지면 울고불고 난리가 나서
돌 사진도 엄마가 안고 찍었을 정도였지요.

낯가림을 고쳐야 한다는 말,
저도 참 많이 듣고 자랐습니다.

어느 날 한 라디오 방송을 듣기 전까지

낯가림은 고쳐야 할 단점이라고만 생각했습니다.

그런데 낯가림이 심해 고민이라는 청취자의 사연을 듣고
DJ가 대답한 말이 제 생각을 바꿔주었습니다.

"저도 소극적이고 낯가림이 심한데,
어느 순간 제가 그걸 즐기고 있더라고요.
약간 설레는 마음, 긴장되는 마음, 떨리는 마음이랄까.
'내 인생에서 이런 두근거림이 얼마나 자주 올까?'
이렇게 생각하면서 한번 즐겨보세요."

"어떤 모임에 가도 눈에 띄게 잘 노는 사람이 있고,
모임에 갈 때마다 약간 낯가리는 분들이 있어요.
그때 낯가리는 분들이 뭘 신경 쓰냐면,
'누군가 한쪽에서 소외당하고 있지는 않나?'
자신과 비슷한 사람들이 있는지 둘러보고 챙겨요.
저는 이런 배려가 낯가림이 심한 분들에게만 있는
미덕이라고 생각하거든요."

어쩌면 낯가림이 심한 우리는
조금 특별한 안테나를 달고 태어난 게 아닐까요.

내 마음이나 다른 사람의 마음이 보내는 신호를
예민하게 감지할 수 있는 안테나 말입니다.

이제 제가 가진 안테나를 애써 숨기려고 하거나
잘라내 버려야 할 혹처럼 여기지 않으려 합니다.
제 아이에게도 이렇게 말해줘야겠습니다.

"그 안테나는 말이지.
우리 마음이 보내는 신호를 알아채는
낯가림쟁이들만의 훌륭한 무기야.
그 무기를 이용해서
소외된 이들의 마음까지 세심하게 살펴보렴."

"우리가 남이냐?"

남 vs We(우리)

누군가 당신에게 묻는다면, 이렇게 대답해주세요.
"응. 나는 나고, 너는 너니까."
조금은 모질게 나를 지켜야 할 때입니다.
'우리'가 '남'이 되어야 나는 온전한 나일 수 있습니다.

● '우리'에 가두지 말 것

사표를 던지고 훌쩍 떠난 일본.

그곳에서 특별히 기억에 남았던 것은
사람들이 지나칠 정도로 예의를 갖춘다는 것입니다.
거리에서 어깨를 스칠 뻔만 해도 사과를 합니다.

한번은 저녁 찬거리를 사려고 가게에 들렀는데,
채소를 힐끔거리며 걸어가다가
맞은편에서 오던 아주머니와 딱 마주쳤습니다.

부딪친 것도 아니고 그저 마주쳤을 뿐인데,

아주머니는 옆으로 한 발짝 비켜 길을 터주며
나긋나긋한 목소리로 말했습니다.

"미안합니다."

이런 환경에 익숙해질 때쯤 한국에 돌아왔는데
거리를 돌아다닐 때마다 얼마나 스트레스를 받았던지요.
'이렇게 세게 어깨를 부딪쳐놓고
사과 한마디 없이 가버리다니.'

그냥 스쳐 지나가는 사람들이 무례하다고 생각했습니다.
물론 그 상황에 금세 익숙해지긴 했지만요.

그즈음에 문화심리학자 김정운 교수가 쓴
《나는 아내와의 결혼을 후회한다》를 읽었습니다.
그 책에는 저와 비슷한 경험을 했던
저자의 이야기가 담겨 있었습니다.

독일에서 유학하고 한국으로 돌아왔을 때
사람들이 무례하게 느껴졌던 경험을 이야기하며
그는 이런 물음을 던졌습니다.

'한국인은 어깨를 부딪쳐도 왜 미안하다고 하지 않을까?'
'우리는 왜 이렇게 무례할까?'

그는 고민 끝에 이렇게 해석했습니다.

"한국인의 상호작용 양상은 사뭇 다르다.
'나'와 '너'의 상호작용이
서구인들처럼 곧바로 성립되는 것이 아니다.
'나'와 '너'라는 상호 주체의 만남은 무엇보다 먼저,
'우리'와 '남'이라는 경계선을 넘어야만 가능하다.
'남'은 상호작용의 상대방이 아니다.
그래서 '우리가 남이가?'라는 질문이 무서운 것이다.
'남'은 상호작용의 주체가 될 수 없다. 그래서 무시해도 된다.
관심의 대상이 아니기 때문이다. 물건이나 크게 다를 바 없다."

이 부분을 읽는 순간 무릎을 '탁' 쳤습니다.

누구보다 남의 눈치를 많이 보면서도
동시에 남의 무례함을 많이 느끼는 이유는
바로 '우리'라는 말 때문이었습니다.

무언가를 판단하는 기준도
'내'가 아니라 '우리'에게 있고,
상호작용도 '우리'를 기준으로 이루어집니다.

남에게 어떻게 보일까 신경 쓰면서도
남을 무례하게 대할 수 있는 모순이
'우리'라는 말에 숨겨져 있는 것이지요.

우리라는 날을 안 쓸 수는 없겠지만
나의 기준점이라도
우리가 아니라 '나'로 잡으면 어떨까요.

당신은 어떤 두더지인가요?

두더지 잡기 vs 韓(한국 한)

튀어나오는 것을 두려워하여 숨어만 있는 두더지는 두더지 잡기 게임에서 아무런 역할도 하지 못합니다. 뽕망치로 아무리 머리를 세계 맞더라도 세상 밖으로 자꾸만 튀어나오는 두더지만이 게임을 주도할 수 있습니다. 그러니 포기하지 말고 조금 더 높이, 좀 더 자주 튀어 오르시길!

얻어맞아도 튀어 오르는 두더지처럼

저의 조카는 발레리노를 꿈꾸는 중학생입니다.
남자아이가 발레를 하고 싶어 하는 경우는
흔치 않다고 하는데
어렸을 적 스스로 발레리노가 되겠다고 나서서
식구들이 모두 신기해하곤 했지요.

발레 할 때 몸에 딱 붙는 타이츠를 입는 것도
부끄러워하거나 싫어할 법한데
주위 시선은 아랑곳하지 않고
타이츠를 입은 채 동네를 활보하고는 했습니다.

그 조카가 초등학교 2학년 때의 일입니다.

조카의 담임선생님과 상담하고 온
언니의 얼굴이 그늘져 있었습니다.
이유를 묻자 언니가 시무룩하게 대답했습니다.
"애가 수업을 잘 못 따라오고 방해된다고 하더라."

놀란 저는 눈을 동그랗게 뜨고 재차 물었습니다.
"왜? 어떻게 방해한다는데?"
"자꾸만 질문한대."

피식, 하고 헛웃음이 나왔습니다.

저는 모르는 것이 있어도 질문하기가 민망해
알아들은 척하고 넘어가기 일쑤였는데
모르는 것이 있으면 잘 모르겠다고
몇 번이고 당당하게 말하다니.

'튀는 걸 두려워하지 않는 것이, 참 너답다.'
그런 조카가 기특했습니다.

유대인들은 수업 시간에 질문을 안 하면
수업을 못 따라오는 것으로 보고
아이를 걱정한다고 합니다.

그런데 한국에서는 수업 시간에 질문하면
수업을 못 따라온다고 치부하고
아이는 수업을 방해하는 문제아가 됩니다.

문득 이런 생각이 들었습니다.

'우리는 어쩌면 대한민국이라는
거대한 두더지 잡기 게임판 위에 놓인
한 마리의 두더지가 아닐까?'

튀어 오르는 것을 용납하지 않는 두더지 잡기 게임.
불쑥 머리를 내밀며 튀어나온 두더지는
사정없이 머리를 두들겨 맞습니다.

몇 번이나 머리를 얻어맞은 두더지는
게임 규칙이 잘못되었다고 울분을 토하거나
웅크린 채 굴속에만 숨죽여 있고 싶겠지요.

그러나 아무리 뿅망치가 머리를 세게 내리치더라도
두더지들이 끝까지 튀어 올랐으면 좋겠습니다.

누가 뭐라 해도 두더지 잡기 게임의 주인공은
굴속에 숨어 있는 두더지가 아니라
끈질기게 튀어나오는 두더지니까요.

더 이상 세상 밖으로 튀어 오르는 두더지가 없다면
게임은 시시하게 끝나버리고 말 테니까요.

당신의 궤도 안에는
'명명되지 않은' 길이 있습니까?

아웃사이더 vs 아웃라이어

'아웃사이더'가 가는 길은 우리가 이름 붙이지 않은 길일 경우가 많습니다. 외롭고 위험하지요. 하지만 남들과 다른 길을 걸어가는 그들이야말로 성공의 가능성을 발견하는 '아웃라이어'일 확률이 높습니다. 지금 당신은 이미 성공한 사람들이 간 길을 걷고 있나요, 새로운 길을 개척하고 있나요?

EBS 다큐멘터리 '극한직업'을 보던 중이었습니다.

산삼 캐는 사람들에 관한 내용이었는데,
사람들의 발길이 닿지 않는 험한 곳으로
성큼성큼 올라가는 심마니에게 피디가 물었습니다.
"길이 있는 거예요?"

숨이 차 헐떡거리며 힘들어하는 피디와 달리
심마니가 여유롭게 대답했습니다.
"길이 어디 있습니까. 저희가 가는 길이 길이지요."
그 한마디가 오랫동안 마음에 붙박여 있었습니다.

어쩌면 우리가 어떤 것에 이름을 붙이는 순간
'명명한 대상'이 생겨나는 것이 아니라
그것을 제외한 대상이 생겨나는 게 아닐까요?

세상 어디든 발을 디디면 길인데
사람들이 다니는 곳에 길이라는 이름을 붙이는 순간
길이 아닌 곳들이 생겨나고,
무얼 하든 세상살이가 다 공부인데
책을 보는 행위에 공부라는 이름을 붙이는 순간
공부가 아닌 행위들이 생겨나는 것처럼 말입니다.

산삼을 캐는 심마니들이 가는 길은
일반 사람들이 보기에는 길이 아닙니다.
사람들이 채 발견하지 못한 깊숙한 곳이나
아예 갈 엄두도 못 낼 만큼 험한 너덜겅이니까요.

당연히 붙여진 이름도 없습니다.
사람 발길이 닿지 않은 곳이니
다칠 위험도 더 클지 모릅니다.
그런데도 그들은 왜,
위험을 무릅쓰고 그 길로 가려 할까요?

많은 사람이 오가는 유명한 길목에는
귀한 산삼이 남아 있을 리 없기 때문입니다.

우리의 삶도 마찬가지입니다.
너도나도 같은 방향으로 뛰면서
귀한 산삼을 캘 수 있다는 생각은
어리석은 믿음이 아닐까요?

정해진 틀에서 벗어난 사람을
'아웃사이더'라고 합니다.

아웃사이더가 가는 길은 심마니가 가는 길처럼
다칠지도 모르는 험난한 곳일 경우가 많습니다.
명명되지 않은 그 길을 홀로 가다 보면
외로움에 몸서리치고 상처투성이가 될지도 모릅니다.

그러나 언젠가 "심봤다!"라고 외칠 가능성이
가장 높은 사람도 아웃사이더들입니다.

남들이 가지 않는 길에서 산삼을 발견하는 심마니처럼
남들과 다른 길을 걸어가는 아웃사이더야말로

남들과 다른 성공의 기회를 발견한 사람,
즉 '아웃라이어'가 될 확률이 높으니까요.

'성공'이라 명명된 길의 방향을 조금만 틀어서
아직 아무도 가지 않은,
오직 나만 갈 수 있는 궤도를 만들어보세요.

아웃사이더 기질이 강할수록
그 궤도 안에서 새로운 가능성을 발견하는,
아웃라이어가 될 확률도 높아질 겁니다.

온리원이란, 나를 지키는
왕따의 다른 말 아닐까요?

왕따 vs 온리원

'왕따'를 두려워하지 마세요. 우리가 정말 두려워해야 할 것은, 어떤 집단에 소속되지 못한 왕따가 되는 것이 아니라 어떤 집단에 소속되기 위해 나 자신을 버리는 것 아닐까요? 혼자가 되기를 두려워하지 않을 때 비로소 유일한 내가 될 수 있습니다. '온리원'이 되는 것이지요.

● 왕따 당하는 게 아니라
왕따 하는 거라고

"나도 다른 엄마들 좋아서 만나는 거 아니야.
아이 친구 만들어주려고 어쩔 수 없이 만나는 거지.
요즘은 애들이 알아서 사귀기 힘든 세상이잖아.
이제 아이가 친구 사귀는 것도 다 엄마 능력이라니까."

다섯 살짜리 아이를 키우는 지인이 말했습니다.

'친구는 스스로 알아서 사귀는 거 아닌가.'
속 편하게 생각하다가도
요즘 세상은 안 그렇다는 말을 듣고 나면
스멀스멀 걱정이 되기 시작합니다.

'내 아이가 친구 하나 없이 왕따 되는 건 아닐까?'
'내키지 않더라도 아이를 위해서라면
엄마 모임 같은 곳에 열심히 가야 하지 않을까.'

'아이뿐만이 아니지, 이러다 나도
엄마들 사이에서 왕따 되는 거 아냐?'

그러다가 이내 고개를 내젓습니다.

끌림에 의한 사귐은
나를 더없이 행복하게 하지만
사귐을 위한 사귐은
나를 얼마나 지치고 힘들게 하는지
이제 알 만큼 알기 때문입니다.

우리가 누군가와 사귈 때
즐거움보다 괴로움이 더 크다면
그건 아마도 맞지 않는 것을 억지로
맞추고 있어서일지 모릅니다.

마음이 맞아서 가까워지는 게 아니라

가까워지기 위해 마음을 맞추고 있기에,
남에게 마음을 맞추려 애쓰다 보니
나의 마음을 하나둘 잃어버리고 있기에,
불편하고 괴로운 것 아닐까요.

공자가 이르기를,
"군자는 화이부동하고,
소인은 동이불화한다."라고 했습니다.

군자는 다른 사람의 생각을 따르지 않으면서도
조화롭게 어울릴 수 있으나
소인은 남들 생각대로 따라가면서도
잘 어울리지는 못한다는 뜻입니다.

남들과 어울리는 화합은 중요합니다.
하지만 어울리는 것만이 목적이라면
남들이 하자는 대로 휩쓸려가기 쉽습니다.

나를 잃어버리고 집단에 소속될 바에는
차라리 왕따가 되는 건 어떨까요.
상대방에게 흔들리는 왕따가 아니라

자신을 사랑하며 굳건히 지킬 수 있는
단단하고 믿음직한 왕따 말입니다.

왕따의 다른 이름은 단 하나뿐인 사람,
바로 '온리원'이 아닐까요?

지금 당신의 볼록렌즈에는
무엇이 보이나요?

콤플렉스 vs 볼록렌즈

154

나를 못나 보이게 하는, 다른 사람을 작아 보이게 하는 '콤플렉스'는 아닌가요? 콤플렉스만 더 크게 보도록 만드는 '볼록렌즈'는 살면서 만나게 되는 수많은 아름다운 풍경까지 놓치게 합니다. 당신은 볼록렌즈로 무엇을 더 크게 보고 싶은가요? 아름다움인가요, 초라함인가요?

콤플렉스만 보이는 볼록렌즈

단짝 J는 초등학교 선생님입니다.
미인이라 해도 과하지 않은 참하고 수수한 외모에,
많은 사람들이 선망하는 선생님이라는 직업에,
자상하고 능력 있는 남편도 있으니
제가 보기에는 부족할 게 없어 보입니다.

그런 J가 유난히 집착하는 것이 한 가지 있습니다.
바로 '몇 살로 보이는가?' 하는 것입니다.
J는 자신을 노안이라고 생각하기 때문입니다.

하루는 J가 유명 연예인을 닮았다는 말을 들었다고 했습니다.

그녀는 미스코리아 출신으로, 누가 봐도 미인이었습니다.
그런데 J는 좋아하기는커녕 우울해하면서 말했습니다.
"내가 그렇게 늙어 보이나?"

우리는 30대였는데, 그 연예인은 50대였기 때문입니다.
다른 사람이 그랬다면 자랑하는 것이라고 여겨졌겠지만
평소에 J가 얼마나 '나이'에 집착해왔는지 알기에
그녀가 진심으로 우울해한다는 것을 알았습니다.

"너, 유명 연예인 닮았다!"
저였다면 어마어마한 칭찬으로 생각했을 겁니다.
저에게는 외모가 더 중요한 기준이었고,
그 연예인은 누가 봐도 미인이었으니까요.

하지만 J는 동안인가가 더 중요한 기준이기 때문에
그녀가 미인인지는 하나도 중요하지 않았던 겁니다.
동안처럼 보이는지 노안처럼 보이는지만 중요했던 것이지요.

우리의 눈은 사람을 있는 그대로 보지 못합니다.
볼록렌즈로 덮여 있기 때문입니다.
그 볼록렌즈는 특히 콤플렉스를 더 크게 보여주는

참 이상한 렌즈입니다.

그 볼록렌즈를 잣대 삼아 우리는
타인이나 나 자신을 판단합니다.
'콤플렉스'만 크게 키워서 말입니다.

예를 들어 외모가 콤플렉스인 사람은
타인을 볼 때 그 사람이 못생기거나 뚱뚱하다면
그 부분만 확대해서 보고 함부로 평가합니다.

나를 볼 때도 마찬가지입니다.
남들과 비교하면서 나의 외모를 평가하고,
자신을 초라하고 부족하다고 여깁니다.

그런데 이 볼록렌즈의 진짜 문제는
콤플렉스에만 초점을 맞추느라
그 외의 다른 것들은 전혀 보지 못한다는 겁니다.

우리가 놓쳐버린, 렌즈 속 수많은 풍경에
얼마나 많은 아름다움이 있었을까요?

키가 작고 뚱뚱한 그에게도
세심함이라는 아름다움이 있었을지 모르고
가방끈이 짧은 그에게도
성실함이라는 아름다움이 있었을지 모릅니다.

우리는 '콤플렉스'라는 볼록렌즈 때문에
타인의 아름다움도, 나의 아름다움도
제대로 들여다보지 못하는 셈입니다.

지금 자신을 괴롭히는 콤플렉스가 무엇이든
그 콤플렉스 자체는 문제가 아닐지도 모릅니다.
아름다움을 보지 못하고 콤플렉스만 보는 눈이라면,
또 다른 콤플렉스만 좇을 테니까요.

나쁜 일이라고 여겼던 그 일,
정말 나쁜 일이기만 했나요?

좋은 일 나쁜 일 vs bad(나쁜) good(좋은)

살다 보면 '좋은good 일'도 있고 '나쁜bad 일'도 있기 마련입니다. 그저 그 일들이 제 모습을 감춘 채 시시각각 변하며 찾아오는 것이 아닐까요? 그러니 지금 주어진 일이 좋은 일일지, 나쁜 일일지 미리 단정하지 마세요. 그 안에서 좋은 모습을 발견하려고 노력하면, 나빴던 일도 좋은 일이 될지 모르니까요.

●　무죄 추정의 원칙

'7번방의 선물'이라는 영화를 보았습니다.
여섯 살 지능을 가진 딸 바보 용구가 살인 누명을 쓰고
교도소 7번방에 들어가면서 벌어지는 이야기지요.

용구가 누명을 쓰고 사형 선고받는 과정을 지켜보자니
제가 다 억울하고 답답해서
대신 아니라고 외쳐주고 싶은 심정이었습니다.

가만있다가 누명을 써도 억울할 판에
용구처럼 아이를 살리려고 애썼는데도
고맙다는 인사를 받기는커녕

오히려 누명을 쓴다면 얼마나 억울할까요.

게다가 누명을 썼을 때
용구처럼 자신이 무죄라고
제대로 외치지도 못하는 입장이라면
얼마나 억울하고 답답할까요.

누가 좀 알아줬으면 좋으련만….

용구의 사건을 다루는 재판정에서
무심하게 앉아 있는 변호사가
그렇게 얄미울 수 없었습니다.

그런데 문득 그런 생각이 들었습니다.

'어쩌면 나도 말 못하는 무언가에
누명을 씌워온 게 아닐까?'

누명이란 사람만 쓰는 것이 아닌지도 모릅니다.
어쩌면 나도 모르는 사이에 내가
'어떤 일'에 누명을 씌우지는 않았을까요.

이를테면 오랜 연인과 이별하게 되거나
잘 다니던 회사에서 갑자기 해고당하는,
'왜 나한테 이런 일이 생기는 거야.'라고
생각하며 나쁘다고 규정한 일들 말입니다.

그런데 시간이 한참 흐르고 나서
나쁜 일을 돌이켜보면 달리 보일 때가 있습니다.
그때 그 이별 덕분에 지금 소중한 사람을 만났다거나,
그때 그 해고 덕분에 지금 좋아하는 일을 하게 되었다거나.

그때 그 나쁜 일이 생겨서 참 다행이었다고,
그때 그 나쁜 일이야말로 사실 좋은 일이었다고,
살다 보니 뒤늦게 그런 생각이 드는 일이 꼭 있습니다.

내가 '나쁜 일이라고 불렀던 일'의 입장에서 생각해보면,
그야말로 억울하게 누명을 쓴 꼴 아닐까요.
나쁜 일이기는커녕 오히려 인생의 전환점이 되어주고
좋은 방향으로 이끌어준 고마운 일이니까요.

그래서 이제부터는 아무리 나쁜 일처럼 보이는 일도
알고 보면 좋은 일일지도 모른다는 가능성을

절대 놓치지 않으려 합니다.

어떤 일에 함부로 누명을 씌워
억울하게 만들지 않겠다는 사명감을 안고,
'나쁜 일처럼 보이는 일'을 더 세심하게 바라보고
변호하는 열성 변호사가 되려고 합니다.

무엇보다도 무죄 추정의 원칙에 따라 판단해야 하는 법.

열 명의 도둑을 놓치는 한이 있더라도
한 명의 무고한 사람을 만들면 안 되니까요.

오늘도 어딘가에서 '나쁜 일'이라고 불리고 있을
'알고 보면 좋은 일'들이
하루빨리 누명을 벗었으면 좋겠습니다.

착한 남자의 다정함을
지겹다고 느낀 적 있었나요?

차남(착한 남자) vs 감동

나쁜 남자에게 빠졌다는 것은 행복에 둔감해졌다는 적신호입니다. 불행을 당연하다고 생각하지 마세요. 당신 곁에 있는 수많은 행복을 놓치지 마세요. 어쩌다 한 번 잘해주는 나쁜 남자보다 늘 다정한 '착한 남자'의 세심함에 '감동'하는 사람이야말로 진짜 행복이 뭔지 아는 사람입니다.

● 나쁜 남자와
　행복할 수 없는 이유

"이런 사람인 줄 몰랐어."

살면서 여러 사람을 만나다 보면
착한 줄 알았는데 의외로 나쁜 면을 발견하기도 하고
나쁜 줄 알았는데 의외로 착한 면을 발견하기도 합니다.

그런데 참 아이러니한 것은
나쁜 사람이 한 번 잘해주면 쉽게 호감을 느끼면서
착한 사람이 한 번 잘못하면 쉽게 실망한다는 겁니다.

특히 여자가 남자를 만날 때 그렇습니다.

늘 잘해주는 착한 남자보다 늘 무심하던 나쁜 남자가
한 번 잘해주는 것에 더 감동합니다.
늘 툭툭거리던 나쁜 남자가 마음이 변하는 것보다
늘 다정하던 착한 남자가 마음이 변하는 것에
더 큰 배신감을 느낍니다.

그래서 여자는 나쁜 남자에게 끌리는가 봅니다.
드문드문 오는 감동이 더 크고
떠날 때 배신감은 더 적으니까요.

그러나 나쁜 남자에 끌리는 것은
불행에 가까워졌다는 적신호이기도 합니다.
남자를 만나는 방식과 비슷하게
행복을 느끼기 때문입니다.

나쁜 남자에게 빠지는 여자는
평소에 불행하고 외롭다고 생각합니다.
나쁜 남자에게 익숙해지는 만큼
불행에도 익숙해집니다.

다른 일을 할 때도 쉽게 행복해하지 못하고

불행하지 않고 행복한 날이 반복되면
오히려 더 큰 불행이 오지 않을까 걱정합니다.

그러다가 어쩌다 한 번 남자가 다정할 때
비로소 크게 감동하는 것처럼
어쩌다 주어진 행복을 부풀려 생각합니다.

그 찰나의 행복을 얻기 위해
지금 더 많은 불행을 견뎌야 한다고
온갖 합리화의 이유를 찾으면서 말입니다.

불행보다 행복에 익숙해질 수는 없을까요?
어쩌다 한 번 잘해주는 나쁜 남자의 다정함보다
늘 잘해주는 착한 남자의 세심함에
더 크게 감동할 수는 없는 걸까요?

착한 남자의 한결같은 다정함에
심드렁하지 않고 매번 감동할 수 있는 사람은
평범한 나날에도 행복할 줄 아는 사람입니다.

힘듦을 견뎌야만 행복할 수 있다고 믿는 것이 아니라

힘겨움 속에서도 늘 행복을 발견할 줄 아는 사람입니다.

지금 당신 곁에 있는 사람은
나쁜 남자인가요, 착한 남자인가요?

지금 당신을 스쳐 가는 모든 날은
불행한 오늘인가요, 행복한 오늘인가요?

어쩌다 한 번 커다란 감동을 주는
나쁜 남자에게 끌려서
지금 당신 곁을 스쳐 가는 수많은 행복을
놓치지 마시길 바랍니다.

부모의 진짜 의무는 무엇일까요?

부모의 의무 vs Happy(행복)

자녀를 위한 헌신일 수도 있고 자신을 위한 '행복Happy'일 수도 있습니다. 둘 중에 어떤 것이 더 훌륭하냐고 단정할 수는 없습니다. 다만, 이것 하나만은 확실합니다. 아이는 자기도 모르게 부모와 닮아가는 존재이고, 나는 아이의 거울이란 것 말입니다. 내가 행복해야 나의 아이도 행복하지 않을까요? 아이의 행복을 지켜주는 것이 진짜 '부모의 의무'가 아닐까요?

●　희생보다 값진 행복

이 시대의 많은 부모들을 '에듀푸어'라고 부릅니다.
교육을 뜻하는 에듀케이션Education과
빈곤을 뜻하는 푸어Poor의 합성어인데요.
자녀의 과한 사교육비 때문에
경제적으로 어려운 사람들을 빗대어 말합니다.

더 좋은 학군을 찾아 여기저기로 이사를 하거나
조기 유학을 위해 기러기 가족이 되는 풍경은
이제 흔하디흔해졌습니다.
심한 경우는 빚까지 지면서 사교육에 돈을 쏟아붓습니다.

아이에게 더 좋은 공부 환경을 만들어주려고
점점 더 등골이 휘는 부모들.
자신의 노후 대책도 뒤로하고 헌신하는 것은
자녀들이 잘되길 바라는 마음 때문이겠지요.

그러나 부모의 희생을 짊어진 자녀가
과연 얼마나 행복할 수 있을까요.

부모와 자녀가 함께 행복해지는 길은
크게 두 가지가 있습니다.
'자녀의 행복이 곧 부모의 행복'이라는 길과
'부모가 행복해야 자녀도 행복'하다는 길입니다.

'자녀의 행복이 곧 부모의 행복'이라는 길을 택한 부모는
말 그대로 자녀를 위해 모든 것을 헌신합니다.
그런 자녀의 행복 안에는 사회적 성공이라는 가치가
가장 크게 자리 잡고 있습니다.

자녀의 사회적 성공이 곧 행복이라 철석같이 믿으니
자녀가 원치 않아도 그 가치를 강요하기가 쉽습니다.
그러나 성공이라는 게 말처럼 쉽지도 않을뿐더러

그것이 꼭 자녀의 행복을 보장해주지는 않습니다.

'부모가 행복해야 자녀가 행복'하다는 길은 어떨까요?

부모는 자녀의 거울이라고도 합니다.
자녀는 성장하면서 부모를 보고 그대로 배웁니다.
행복한 부모 밑에서 자란 자녀는
스스로 어떻게 해야 행복한지
자연스레 그 방법을 터득하게 됩니다.

부모는 자녀에게 어떤 가치가 더 좋으니
마음을 바꾸라고 강요하지 않아도 되고
부모도 아이도 원하는 대로 살 수 있으니
결과적으로 두 사람 모두 행복할 수 있습니다.

자녀의 마음과 부모의 마음 가운데
어느 쪽을 바꾸기가 더 쉬울까요?
두말할 것 없이 부모의 마음입니다.

부모의 가장 큰 의무는
'자녀를 위해 희생하는 것'이 아니라

'자신을 위해 행복해지는 것'입니다.

자꾸만 자녀를 위한다는 명목으로
자신에게 지나친 희생을 강요한다면
자녀의 행복을 바라는 순수한 마음은 사라지고
자녀의 성공을 바라는 욕심만 남게 됩니다.

이런 말을 하는 사람도 있습니다.
"좋은 학벌은 애는 물론이고
엄마한테도 평생의 브랜드야."

자녀의 사회적 성공으로
자신의 명성을 높이겠다는 욕망 때문에
평생 자신과 자녀의 속마음을
제대로 들여다보지 못한다면,
그야말로 불행한 일 아닐까요?

불공평하다고 말하는 당신의 시선은
어디를 향해 있나요?

불공평 vs 欲心(욕심)

잘나가는 타인을 향하진 않았나요? "불공평하다."라는 말의 민낯에는
어쩌면 우리의 비겁한 '욕심欲心'이 숨어 있는지도 모릅니다. 나보다 더
가진 사람에게만 적용되는 질투심이요. 차라리 쿨하게 인정하고 그 힘
을 노력하는 데 쓰면 어떨까요? 비겁한 욕심이 해내고자 하는 열의가
될지 모르잖아요.

● 불공평이란
   이름 뒤에는

"세상 참 쉽게 사네."
"하아…. 참, 인생 불공평하구나."

금수저를 물고 태어나 호사스러운 유학 생활을 하다 온 친구가
취직자리까지 낙하산으로 얻는 것을 볼 때,
베짱이처럼 놀기만 하던 친구가 타고난 미모 덕분에
시집 잘 가 떵떵거리고 산다는 이야기를 들을 때,
이런 말이 입에서 절로 튀어나옵니다.

불공평하기 그지없는 세상입니다.
외모, 재능, 집안, 환경 중 하나만 타고나도

인생의 출발선이 달라지지요.

인생을 야구 경기라고 본다면,
누구는 1루에서 출발하고, 누구는 2루에서,
또 누구는 3루에서 출발하는 셈입니다.

배리 스위처Barry Switzer 감독의 말마따나
'3루에서 태어났으면서 3루타를 친 줄 아는' 이들을 보면
어찌 언짢은 기분이 안 들 수 있을까요.
무슨 이런 불공평한 룰이 있느냐고 항의하고 싶습니다.

그런데 가만 보면 우리가 불공평하다고 말할 때,
우리의 시선이 어느 한쪽만을 향하고 있지는 않나요?

우리가 1루에 서 있을 때에는
2루나 3루를 보며 불공평하다고 투덜댑니다.
1루에만 서 있다가 내려가거나
벤치에 앉아 타석에 설 기회만 노리는
사람들을 바라보고서는
불공평의 불 자도 꺼내지 않습니다.

남이 얻은 불로소득에는 펄쩍 뛰면서
내가 얻은 불로소득에 대해서는
불공평하다는 자각조차 없습니다.

나보다 앞에서 출발한 사람을 볼 때면
목에 핏대를 세우고 세상이 불공평하다 부르짖으면서
나보다 뒤에서 출발한 사람을 볼 때는
별말 없이 당연하게 넘어간 적, 있지 않았나요?

우리는 알게 모르게
내가 더 가진 것은 당연한 일로
내가 못 가진 것은 억울한 일로
받아들이고 있는지도 모릅니다.

인생이나 세상이 불공평하다는 말은
이 사회의 부조리를 꼬집는 듯하지만
사실 그 말의 민낯에는
욕심과 질투가 덕지덕지 붙어 있습니다.

내가 더 갖길 바라거나 남이 덜 갖길 바라는 욕심을
"불공평하다."라는 표현으로 드러내는 것 아닐까요.

불공평하다는 말 뒤에 숨은 비겁한 욕심.

차라리 욕심의 민낯을 그대로 드러내어
성장의 원동력으로 삼아보면 어떨까요?

불공평하다는 말 뒤에 숨어만 있으면
아무것도 달라지지 않습니다.

part 3

●

서로를 끌어안을수록
단단해지는 안도

힘든 길을 가는 우리가 조금 덜 힘드려면
어떻게 해야 할까요?

나만 힘들다 vs 남도 힘들다

'나만 힘들다'라고 느껴질 때, 주변을 바라보세요. 똑같이 외치는 다른 사람이 있을지 모릅니다. 그럴 땐 그저 나와 같은 사람의 손을 잡아보세요. 그럼 최소한 외롭거나 억울하지는 않을 테니까요. 힘든 길 위에서 잠깐 웃을 수도 있을 테니까요.

제비뽑기를 한 적이 있습니다.

제비 하나를 뽑아 조심스레 펼쳐봤더니,

이럴 수가, 꽝이었습니다.

'나는 꽝 손이구나' 생각하며 한숨을 쉬었습니다.

그런데 옆에 있던 이들이 쿡쿡, 웃습니다.

알고 보니 짜고 치는 고스톱이었습니다.

이 제비뽑기는 꽝 하나를 골라내는 것이 아니라

당첨은 하나도 없고 전부 꽝이었던 것입니다.

어떤 것을 뽑아도 사실은 꽝이었는데

나 혼자 꽝을 뽑은 줄 알고 깜빡 속았습니다.

그런데 이 꽝뿐인 제비뽑기가
우리 인생과 닮았습니다.
'꽝'을 '힘들다'라는 말로 바꿔보았더니
더욱 비슷했습니다.

나 혼자 꽝을 뽑은 것처럼
나 혼자 힘든 줄 알았습니다.
남들은 다 '수월하다'라는 제비를 뽑았는데
나 혼자 지지리 운 없게도
'힘들다'라는 제비를 뽑은 줄 알았습니다.

'왜, 나만'이라는 생각에
나의 운명을, 지독히도 미워했습니다.

그런데 사실은 착각이었습니다.
'수월하다'는 많고 '힘들다'가 하나인 제비뽑기가 아니라
각양각색의 '힘들다'가 가득한 제비뽑기였습니다.
그야말로 꽝뿐인 제비뽑기인 셈입니다.

나는 그저 여러 종류의 꽝 중
하나의 꽝을 뽑은 것뿐이었습니다.
각자 힘든 이유는 다 달랐지만
남들도 꽝을 손에 쥐고 힘들어하고 있었습니다.

어쩌면 우리가 진짜 힘든 이유는
힘든 상황 때문이 아니라
'나만 힘들다.'라고 생각해서가 아닐까요?

수업시간에 떠들었다고
친구와 나란히 벌을 받으면서 킥킥대던 것처럼,
다른 사람들과 나란히
'힘들다'라는 제비를 손에 쥐고 있음을 안다면
힘들어도 웃음을 터트릴 수 있겠지요.

옆에 아무도 없다고 생각하면
'힘들다'에서 '외롭다'가 되고
'힘들다'에서 '억울하다'가 됩니다.

우리가 정작 견디기 힘든 것은
힘듦보다 외로움이나 억울함인지도 모릅니다.

그러니 지금 몹시 힘들다면
나만큼 힘들어하는 누군가의
손을 잡아보면 어떨까요.

나의 힘듦과 상대의 힘듦이 만나면
외로움과 억울함이 줄어들고
함께 벌서는 친구처럼
서로 마주 보며 웃을 수 있지 않을까요.

아픔이 하나도 없어 보여서
부러운 사람이 있나요?

비에 vs EACH(각자)

우리는 '각자EACH' 나름의 '비애'를 안고 살아가지요. 비애라는 것이 십인십색이라 나와 다른 누군가의 비애를 알기는 쉽지 않습니다. 그래서 우리는 서로를 부러워하며 사는 게 아닐까요? 내가 부러워하거나 질투하는 그 사람에게도 분명 보이지 않는 그만의 아픔이 있을 겁니다.

친구들과 술을 한잔하던 중에
형제자매 이야기가 나왔습니다.
다들 살짝 취기가 올라서일까요.
자신이 형제자매 틈에서 얼마나 힘들었는지
하나둘 속내를 털어놓기 시작했습니다.

"너희는 둘째나 막내라서 참 부럽다.
난 어렸을 때부터 맏이인 게 너무 싫었어.
집에 무슨 일이 생길 때마다 책임감만 무겁고,
똑같은 잘못을 해도 부모님은
내게만 엄격하고 동생한테는 얼마나 관대한지 몰라.

게다가 조언받고 싶어도 언니가 없어서
모든 걸 맨땅에 헤딩하듯 헤쳐나가야 했다니까."

맏이의 하소연에 둘째인 친구가 말을 받았습니다.
"네가 둘째의 비애를 알아?
뭘 할 때마다 언니랑 비교당하는 게 얼마나 스트레스인데.
먼저 한 사람보다 더 잘하려면 보통 독해서는 안 된다고.
게다가 맏이는 첫째라고 대접받지,
막내는 막내라고 귀여움받지,
둘째만 가운데에 끼어서 찬밥 신세라니까.
언니랑 싸우면 언니한테 대든다,
동생이랑 싸우면 동생한테 양보 안 한다,
둘째가 얼마나 서러운데."

이에 질세라 막내인 친구가 끼어듭니다.
"난 언니나 오빠가 새 옷 입는 게 그렇게 부럽더라.
옷은 양반이지, 비싼 것도 뭐든지 언니 오빠만 사주고
나는 그냥 있는 거 물려받아 쓰라는 식이라니까.
집안은 매번 언니 오빠 중심으로만 굴러가고
나는 집에서 있어도 그만, 없어도 그만인 존재야."

그렇게 한참 동안 각자 겪은 비애를 털어놓았습니다.
듣다 보니, 누구 하나 수월해 보이는 인생이 없었습니다.

첫째에게는 첫째의 비애가 있고
둘째에게는 둘째의 비애가 있고
막내에게는 막내의 비애가 있었습니다.

"행복한 가정은 고만고만하지만All happy families are alike
불행한 가정은 나름나름으로 불행하다each unhappy family is
unhappy in its own way."
톨스토이의 소설,《안나 카레니나》에 나오는 표현처럼
우리 모두에게는 각자EACH 나름의 비애가 있습니다.

물론 직접 겪어보지 않은 누군가의 비애에
진심으로 공감하기 힘들지도 모릅니다.
그러나 온전히 이해하기는 힘들더라도
누군가에게 비애가 있음을 알아줄 수는 있습니다.

너의 비애가 무엇인지는 모르지만
너에게 비애가 있음은 아는 것.
이것은 상대에게 아픔이 없어 보일 때와는

하늘과 땅 차이입니다.

무엇보다 누군가에게 비애가 있음을 알아주는 것은
상대를 위한 것이 아니라 나를 위한 것입니다.

이 세상 모든 이들에게
나름의 비애가 있음을 깨달을 때
나의 비애에도 관대해질 수 있기 때문입니다.

왜 나만 이렇게 힘드냐고
울컥하며 따지지 않게 되는 것이지요.

내가 부러워하는 누군가의 인생에도
그 나름대로 비애가 있을지 모르고,
그 누군가는 오히려 나의 인생을 부러워할지 모릅니다.

그러니 누군가의 인생을 부러워하기보다는
나의 인생에 고마워하는 사람이고 싶습니다.

당신은 노력파와 재능파 중
누가 더 부러운가요?

부럽다 vs 노력파

천재처럼 보이는 이들을 부러워한 적 없나요? 금수저로 태어난 이들을 부러워한 적은요? 타고난 것만 부러워하고 있다면, 당신의 머릿속에 고정형 사고방식이 자리 잡고 있다는 위험신호입니다.

● 노력파들을 위한 찬가

식구들과 자녀 교육에 대해 이야기하던 어느 날,
언니가 흥미로운 이야기를 꺼냈습니다.

"우리 집은 타고난 재능만 칭찬하는 분위기 같아.
뭔가를 열심히 해서 좋은 결과를 만들어내면
머리가 좋다고, 똑똑하다고 칭찬해주더라고.
사실 똑똑해서라기보다 그만큼 애써서 잘하게 된 건데."

어릴 때는 똑똑하다는 말을 듣고 싶었습니다.
똑똑해 보이고 싶어서 학교에서는 놀기만 하다가
집에 와서 남몰래 공부했습니다.

공부를 열심히 하지 않아도 타고나서 잘하는 것.
철없게도 그것이 멋있는 줄로만 알았습니다.
노력파라는 말은 듣고 싶지 않았습니다.
그 말은 평범한 아이에게나 어울리는,
촌스러운 말로 들렸습니다.

사회심리학자이자 미국 스탠퍼드 대학교수인 캐롤 드웩Carol
Dweck이 초등학교 학생들을 대상으로 실험을 했습니다.
먼저 아이들에게 쉬운 문제를 풀게 한 다음
한 명 한 명에게 칭찬해주는 겁니다.

아이들 중 절반에게는
"와, 너 정말 똑똑하구나!"라며 지능을 칭찬했고
나머지 아이들에게는
"와, 너 정말 열심히 했구나!"라고 노력을 칭찬했습니다.

그다음 난이도를 올리며 문제를 풀게 했더니
노력을 칭찬받은 아이들은 끝까지 풀려고 덤벼든 반면
지능을 칭찬받은 아이들은 도전하기를 금세 멈추었습니다.

캐롤 드웩은 노력을 칭찬받은 아이를 '성장형 사고방식',

지능을 칭찬받은 아이를 '고정형 사고방식'이라는 말로
설명했습니다.

"재능을 칭찬하기보다 노력을 칭찬해야 한다."

이 말은 아이들에게만 적용되는 건 아닙니다.
어른들도 마찬가지입니다.
아이가 부모에게 관심과 칭찬을 받고 싶어 하듯이
누구나 다른 사람들에게 인정받고 싶어 하기 때문입니다.

하지만 사회는 우리에게 더 노력하라고 하면서
정작 그 노력에 대해서는 알아주지 않습니다.
오직 눈에 보이는 결과만 중요하게 여깁니다.

사람들은 아무리 노력해도
바뀌지 않는다는 사실에 절망하며
심사가 꼬이고 "노력하라."라는 말에 진저리를 칩니다.

노력하고 싶은 마음이 사라지자
노력을 안 해도 되는 이들을,
재능이나 부를 타고난 사람들을 부러워합니다.

'금수저'가 되지 못한 '흙수저' 인생을 자조하면서 말입니다.

타고난 것을 칭찬하고 부러워하는
사회적 분위기가 무르익을수록
우리의 머릿속에 자리 잡는 것은
끝까지 덤비는 성장형 사고방식이 아니라
도전을 멈추는 고정형 사고방식일지 모릅니다.

도전을 멈추고 노력을 멈추고 희망마저 멈춘다면
우리에게 주어진 삶을 과연
무엇으로 움직이게 할 수 있을까요?

타고난 사람들이 주목받고 인정받는 세상 같지만,
천재보다 노력파가 더 칭찬임을 알았으면 좋겠습니다.
노력하지 않아도 되는 이들을 부러워하기보다
노력파를 부러워하는 세상이 되었으면 좋겠습니다.

꼭 완벽해야 할
필요가 있을까요?

완벽 vs 無(없을 무)

세상에 '완벽'한 사람은 '없無습니다'. 부족한 부분을 서로 채워주며 조금 더 나은 모습으로 성장하는 것이지요. 나의 부족함을 드러내는 것을 부끄러워하거나 두려워하지 마세요. 그것은 우리의 빈틈을 메울 기회를 빼앗기는 것과 마찬가지니까요.

● 완벽하길 포기하면
　 참 쉬운데

저의 엄마를 딱 한 마디로 표현한다면,
'슈퍼우먼'이라는 말이 가장 먼저 떠오릅니다.

세 아이를 뒷바라지하는 엄마,
집안일과 내조를 척척 해내는 아내,
시어머니를 모시는 며느리,
IMF 이후에는 식구들의 생계를 책임지는
실질적인 가장까지….

엄마의 역할은 많았고, 쉴 새 없이 바뀌었으며
그 모든 역할을 엄마는 완벽하게 해냈습니다.

엄마는 커리어우먼이기도 했습니다.

매일 아침 꼭두새벽부터 일어나
우리의 도시락을 싸고 아침을 챙기고 나면
출근 준비를 해서 회사로 향했습니다.

몸이 열 개라도 모자랄 정도로 바빴지만
엄마는 회사에서도 맡은 일을 척척 해냈습니다.

저는 그런 엄마가 자랑스럽고 멋져 보였습니다.
그러고 나서 줄곧 생각했습니다.

'나도 나중에 엄마처럼 슈퍼우먼이 될 테야.'

그랬던 제가 자라서 가정을 꾸리게 되었습니다.
그리고 한 가지 중요한 사실을 깨달았지요.
저는 슈퍼우먼이 될 수도 없고 될 필요도 없다는 것을요.

엄마처럼 살기 위해, 엄마를 닮기 위해
저는 오랫동안 저를 괴롭혀왔는지도 모릅니다.
완벽해야 한다고, 빈틈을 보여서는 안 된다고 말이죠.

그러나 그것이 얼마나 부질없고
자신을 괴롭히는 일인지 깨닫고 난 다음부터는
완벽주의를 버리고
가끔은 허술한 사람이 되기로 했습니다.

모든 것을 잘 해내려 애쓰는 것을 그만두고
부족하면 부족한 대로, 서툴면 서툰 대로
저의 빈틈을 주변 사람들에게 그대로 보여주었습니다.

그랬더니 한 가지 놀라운 변화가 생겼습니다.

빈틈을 보이면 큰일이 나고,
주변 사람들에게 피해를 줄 것이라고
우려하며 아등바등했는데 오히려
주변 사람들이 저의 빈틈을 채워주기 시작했습니다.

그 덕분에 저도 다른 누군가의
빈틈을 채워줄 여유가 생겼습니다.

세상에 완벽한 사람이 어디 있을까요.
누구에게나 빈틈은 있기 마련입니다.

그 빈틈은 스스로 채울 수도 있지만
때로는 다른 누군가가 채워줄 수도 있습니다.

세상에 완벽한 사람이 없는 이유는
서로 채워주며 살아가라는 뜻 아닐까요.

지금 곁에 있는 누군가에게
당신의 빈틈을 채워줄 기회를 주는 건 어떨까요?
그러면 당신 역시 누군가의 빈틈을 채워줄
행복한 기회를 얻게 될지도 모릅니다.

당신은 부자입니까?

부자 vs 나누는 자

진정한 '부자'는 '나누는 자'입니다. 혼자서 아무리 많은 것을 쥐고 있어도 정작 곁에서 함께 기뻐하고 슬퍼하며 나눌 사람이 없다면, 부자가 아니라 가난한 사람이 아닐까요?

● 빵 한 조각으로
부자가 되는 법

꾀죄죄한 차림의 한 노숙자가
거리에서 쓰레기통을 뒤지고 있었습니다.
지나가던 사람들은 그를
벌레 보듯 쳐다보며 피했습니다.

그때 길을 가던 한 여성이
노숙자에게 성큼성큼 다가오더니
비닐봉지 한 꾸러미를 건넸습니다.
그 안에는 피자가 들어 있었습니다.

그리고 나서 그녀는 그 노숙자에게

이렇게 말했습니다.

"피자가 식어서 미안해요."

그는 예상치 못한 그녀의 행동에 흠칫 놀랐지만
감동한 표정으로 피자를 받으며 답했습니다.

"고맙습니다. 축복받을 거예요."

피자를 건넨 여성은
뉴욕을 여행하던 프랑스 여성이었습니다.
그리고 쓰레기통을 뒤지던 노숙자는
놀랍게도 영화배우 리처드 기어였습니다.

사실 그는 노숙자 이야기를 다룬
영화의 한 장면을 촬영하고 있었고
촬영 장비와 스태프들은 멀리 떨어져 있었습니다.

그래서 아무도 노숙자가 리처드 기어인 줄 몰랐고
그를 진짜 노숙자로 착각한 여성이 다가왔다가
촬영하던 카메라에 찍힌 것입니다.

리처드 기어는 말했습니다.
"아무도 저를 알아채지 못했습니다.
그저 저를 혐오스럽게 바라볼 뿐이었지요.
오직 한 여성만이 제게 음식을 줬습니다.
이것은 저에게도 결코 잊지 못할 경험입니다."

"행복은 입맞춤과 같다."
미국의 유명한 라디오 진행자
버나드 멜처Bernard Meltzer가 한 말입니다.

상대가 없으면 할 수 없는 입맞춤처럼,
행복도 혼자보다 누군가와 나눌 때
제대로 느낄 수 있는 것이 아닐까요?

'나 먹고살기도 팍팍한데
여유가 있어야 사람들과 나누지.'
저도 늘 그렇게 생각했습니다.

그런데 살면서 깨달은 것은
여유가 있어야 나누는 것이 아니라
나누어야 여유가 생긴다는 겁니다.

'나도 나중에 돈 많이 벌면 나누고 살아야지.'
부자가 되어야 나눌 수 있는 것이 아니라
나누는 사람이 진짜 부자였습니다.

지금 우리는 여유나 돈이,
주변에 행복이 넘쳐야 나눌 수 있다고
생각하는 게 아닐까요?

여유나 돈이 넘쳐야만 나눌 수 있는 것이 아니라
식은 피자 몇 조각으로도 행복을 나눌 수 있습니다.

불안이라는 특권을 누리고 있나요?

不安(불안) vs 가능성

'불안不安'은 청춘의 특권이 아니라 인간의 특권입니다. 낯선 불안을 떨치려 애쓰던 지난날을 떠올려보세요. 그 노력들이 만들어낸 수많은 '가능성'은 또 어떤가요? 결국 가능성은 숫자에 불과한 나이보다 불안을 얼마나 기민하게 느끼는가에 달려 있는 것 아닐까요?

● 불안에
   익숙해지지 않는 연습

20대 때 유난히 자주 갔던 곳을 꼽는다면
바로 사주 카페입니다.

갓 성인이 된 20대에는
불안하고 불확실한 것투성이였습니다.
'나는 어떤 직업을 갖게 될까?'
'결혼은 언제, 어떤 사람과 하게 될까?'

미래에 대한 힌트를 조금이라도 얻고 싶어
불안할 때마다 사주 카페에 가고는 했습니다.

그 나이에는 다 그렇게 불안한 시기라고 하는데,
직업을 가지고 결혼을 해도
여전히 불안하고 불확실한 것투성이였습니다.
다만 출산이나 육아, 노후 문제 등
불안함을 느끼는 대상만 좀 달라졌을 뿐이지요.

그런데 신기한 것은 20대에 그랬던 것처럼
사주 카페에 가는 일이 없어졌다는 겁니다.

생각해보니 사주를 보러 가지 않게 된 것은
불안하지 않아서가 아니라
불안에 익숙해졌기 때문인 것 같았습니다.

어른들이 권하는 대로 살다가
자신의 삶과 제대로 마주하는 시기가
바로 20대입니다.

처음으로 뭔가를 스스로 결정해야 하고
선택에 따른 책임을 져야 하는 때이지요.

이때 불안이란 것은

어느 날 내 집에 쳐들어온 침입자처럼
낯설고 내보내고 싶기만 한 존재입니다.

우리는 이 존재를 떨쳐내기 위해
최선을 다해 노력합니다.

그런데 30대, 40대가 되면
점점 불확실함을 당연하게 받아들이게 되고
침입자 같던 불안과도 동고동락하는 사이가 됩니다.
자연스레 노력도 줄어듭니다.

늘 곁에 있어서 익숙해진 가족처럼,
우리는 그렇게 불안에 익숙해지는 게 아닐까요?

사람들이 불안은 흔히 청춘의 특권이라고들 합니다.
불안한 만큼 가능성도 무궁무진한 시기라고 덧붙입니다.

그런데 사실 불안은
청춘의 특권이 아니라 인간의 특권입니다.

청춘에게만 가능성이 있는 것이 아니라

나이가 몇이든 우리는 모두
가능성이 무궁무진한 존재이기 때문입니다.

나이가 지긋해질수록 불안에 익숙해져
불안한 마음을 의식하지 못한다면,
그래서 아무 노력도 하지 않는다면,
우리가 지닌 가능성 또한
점점 의식하지 못하게 되지 않을까요?

"내 나이에 무슨…."이라는 말로
가능성을 닫아버리고
핑계를 대고 있는 건 아닐까요?

우리는 모두 불안하지만
가능성 넘치는 존재임을,
그 낯선 불안을 떨치려 노력하던
20대의 어느 날을,
잊지 않고 살아갔으면 좋겠습니다.

틀린 그림 찾기가 아니라 다른 그림 찾기,
당신은 어떤 그림을 찾고 있나요?

다르다 vs 맞다

남들과 내가 다르다고 느끼면 꺼림칙하고 잘못된 것만 같은 기분. 그런 강박에 사로잡혀 있다면 우리는 여전히 '틀린 그림 찾기'만 하고 있는지도 모릅니다. 어느 한쪽 그림만 맞고 어느 한쪽 그림은 틀린 게 아니라, 그저 두 그림이 다를 뿐입니다.

틀린 그림 찾기 대신
다른 그림 찾기

어느 날 조카와 대화를 하던 중이었습니다.
"이모는 많이 틀린 것 같아."
"응? 뭐라고?"
"이모는 우리 엄마랑 많이 틀린 것 같다고."

저는 웃으며 의미를 바로잡아주었습니다.
"그럴 땐 틀린 게 아니라 다르다고 해야지."
그러자 조카가 눈이 동그래져서 묻습니다.
"다른 게 틀린 거 아니야?
둘이 똑같은 말 아니야?"

"'다르다'라는 말은 같지 않다는 뜻이고,
'틀리다'라는 말은 잘못되었다는 뜻이야."

조카는 이해할 수 없다는 듯 고개를 갸웃거리더니
자기 방으로 뛰어가서 책 한 권을 들고 나왔습니다.

"이모, 이 책 좀 봐봐.
여기 '틀린 그림 찾기'라고 되어 있잖아.
그러면 이건 무슨 뜻인 거야?
두 그림 중에 한쪽 그림만 맞고
다른 한쪽 그림은 잘못된 거야?
어느 쪽이 잘못된 그림인 건데?"

조카의 말을 듣고 보니 그랬습니다.
'틀린 그림 찾기'라는 게임을 한두 번 한 게 아닌데도
그동안 한 번도 '틀린 그림 찾기'라는 말이
잘못되었다고 생각하지 못했습니다.
그 말을 너무 당연하게 받아들이고 있었습니다.

우리가 가장 많이 틀리는
맞춤법 중에 하나가

'다르다'와 '틀리다'라고 하지요.

우리는 의식하지 않으면 종종
"다르다."를 "틀리다."라고 잘못 말합니다.

잘못 말하면 잘못 말한 대로
"틀리다."라는 말로 이해해야 할 텐데
우리는 귀신같이 알아듣고
"다르다."라는 말로 이해합니다.

상대가 잘못 말했음을 인지하는 것이 아니라
상대가 잘못 말했다는 것조차 모르고
받아들입니다.

어쩌면 우리의 그런 언어 습관이
우리의 생각까지 바꿔버린 건 아닐까요.

다른 것과 틀린 것이 다르다고 인지하고 있지만
툭툭 습관처럼 내뱉은 말들이
다른 것이나 틀린 것이나 매한가지라고
우리의 무의식을 지배하는 것 아닐까요.

남들과 조금이라도 다르게 보이면
뭔가 내가 틀린 것만 같아서 꺼림칙해지고
나도 남들과 똑같이 해야 할 것 같은
기분에 사로잡히는 건
저뿐만이 아니겠지요.

'틀린 그림 찾기'와 '다른 그림 찾기'
지금 찾고 있는 그림은 어느 쪽인가요?
우리가 찾아야 할 그림은 무엇일까요?

우리는 '다른 사람 찾기'라고 말하면서도
사실은 '틀린 사람 찾기'를 하고 있는지도 모르겠습니다.

당신이 힘들 때 힘이 되는
친구가 있나요?

절친 vs Thank(감사)

당신의 '절친'은 누구인가요? 즐거울 때나 괴로울 때나 늘 곁에서 힘이 되어주고 용기를 북돋아 주는 소중한 존재. 혹시 그런 친구가 없다면, '감사Thank'라는 친구와 절친이 되어 보면 어떨까요? 힘들 때 더욱 큰 힘이 되어주는 친구랍니다.

● 내 절친은 '땡큐'

"아기 태명이 뭐야?"
"땡큐야."

임신한 친구는 태명을 땡큐로 지었다고 했습니다.

땡큐가 태어나고 나서
아이를 보러 친구 집에 놀러 갔을 때
친구가 말했습니다.

"태명을 땡큐라고 짓기를 정말 잘한 것 같아.
아이가 항상 감사하는 마음으로 살아갔으면 해서

땡큐라고 지은 건데,
아이를 부르느라 땡큐라는 말을 입에 달고 사니까
내가 더 감사하는 마음이 드는 거 있지."

친구의 말을 듣고 온 이후
그동안 만들어놓기만 하고 잘 안 쓰던
감사 일기장의 표지에
'땡큐에게'라는 제목을 써넣었습니다.

땡큐라는 친구에게 편지를 쓴다고 생각하면서
"땡큐야."라거나 "땡큐."라고 부른 다음
감사한 일을 이야기하는 형식으로
일기를 쓰기 시작했습니다.

그러고 나자 땡큐는
실제로 존재하는 사람 같았고
제게 둘도 없는 친구가 되었습니다.

할 말이 술술 나오는 날도 있었지만
도저히 할 말이 없는 날,
힘들기만 했던 날도 있었습니다.

그런 날에도 어떻게든
땡큐와 이야기할 거리를 찾다 보니,
존재만으로도 힘이 되는 절친처럼
땡큐는 저에게 어려움을 이겨나가는
큰 힘이 되어 주었습니다.

삶이 여유롭고 넉넉할 때나 일이 술술 잘 풀릴 때는
감사한 마음을 가지기 쉽습니다.
그러나 일이 잘 풀리지 않거나 힘겨울 때는
감사한 마음을 갖기보다 한탄을 할 때가 많습니다.

돌이켜보니 저 또한 그랬습니다.

잘나갈 때만 얼굴을 보고 친한 척하는
가짜 친구처럼,
좋은 일이 있을 때만 만나던 감사와 저는
실은 가짜 친구였던 셈입니다.

내가 먼저 감사를
가짜 친구로 대하며 멀리하는데
어떻게 괴로울 때 힘이 되는

진짜 친구가 될 수 있을까요.

이제 힘들 때일수록
땡큐라는 친구와 이야기를 나누려고 합니다.
땡큐와의 인연이 끊어지지 않도록
소중하게 이어가려고 합니다.

인생이 바닥 같고 힘들 때
당신은 어떻게 하나요?

일류 vs 웃음

힘들 때마다 눈물을 흘리거나 꾹 참으며 버티고 있지 않나요? 삼류 인생이라고 자조하지 않나요? 힘들 때야말로 내 인생을 '일류' 인생으로 바꿀 수 있는 기회입니다. 방법 또한 아주 쉽습니다. 그저 입꼬리를 살짝 올리고 씩 웃어주는, '웃음' 하나만 잊지 않으면 됩니다.

● 비극 같던 인생도
  희극처럼 아름다운 법

"인생 최고의 영화가 뭐예요?"

이 질문을 들을 때마다
십 년 넘게 한결같이 꼽는 영화가 있습니다.

단 1초의 망설임도 없이 떠오르는 영화.
1999년 상영된 로베르토 베니니Roberto Benigni 감독의 작품,
'인생은 아름다워'입니다.

제2차 세계대전 당시
유대인 수용소를 배경으로 한 이 영화에는

아버지 귀도와 어린 아들 조수아가 나옵니다.

그들은 유대인 강제 수용소로 끌려가는데,
수용소 생활은 그야말로 지옥이나 다름없었지요.
귀도는 자신의 어린 아들이 두려움에 떨지 않도록
마치 재미있는 게임을 하는 것처럼 연기합니다.

갖은 고초를 당하면서도
조수아에게는 늘 즐거운 표정을 지어 보였고,
총살당하러 끌려가는 마지막 순간까지도
우스꽝스러운 모습으로 걸어가며 아들을 안심시킵니다.

그런 비극적인 내용의 영화 제목이
역설적이게도 '인생은 아름다워'라니요.

헨리 데이비드 소로Henry David Thoreau는
《고독의 즐거움》에서 말합니다.
"인생은 아름다운가? 그렇다. 아름답다.
다만, 그대가 걸친 것을 모두 벗어던졌을 때야
비로소 알게 될 것이다."

모든 것을 다 버릴 수밖에 없는
자신의 비극적인 운명을 받아들이면서도
아들의 인생만은 순수한 즐거움과 기쁨으로
가득하길 바라는 마음을 담아
늘 웃었던 아버지 귀도.

수용소라는 처절한 현장에서도
그들의 삶이 찬란하게 빛날 수 있었던 것은
그 웃음 때문이 아니었을까요.

모든 상황이 최악이더라도
눈을 맞추며 웃는 순간만큼은
더없이 아름다운 귀도와 조수아처럼,
비극적인 순간에도
희극의 한 장면을 연출할 수 있을 때
우리의 삶은 더 아름다워지지 않을까요.

즐거운 곳에서 웃음이 피어나는 것은 당연합니다.
그러나 웃음이 없는 곳에서 웃음이 피어날 때
웃음의 진가가 발휘됩니다.

"힘들 때 우는 건 삼류, 참는 건 이류, 웃는 건 일류."라는
셰익스피어의 명언처럼 말이지요.

살다 보면 뜻대로 되지 않아 힘든 날이 있을 겁니다.
울고 싶은 날, 이 세상에서 나만 불행한 것 같은 날,
남은 힘마저 탈탈 털어 써서 서 있기조차 힘든 날.

그때 나에게 실없는 농담이라도 건네보는 건 어떨까요.
그저 씩 한번 웃어보기라도 하면 어떨까요.

살면서 인생의 비극적 순간을 맞이하더라도
귀도처럼 그 순간을 인생의 아름다운 순간으로
만들 수 있었으면 좋겠습니다.

행운이 찾아오기만 기다리고 있나요?

다행 vs 🍀(네잎클로버)

행운이란, 찾아오는 것도 찾는 것도 아닙니다. 만드는 것이지요. '다행'
이라는 말 속에는 행운의 '네잎클로버'가 숨어 있습니다. 어쩌면 그 말
이 행운을 만드는 주문이 아닐까요? 안 좋은 일도 이만하면 다행이라
고 말하는 당신에게 행운이 성큼 다가와 있을지도 모릅니다.

● 행복을 부르는
  나만의 주문

"자, 선물! 이거 네잎클로버야."
"우와, 네잎클로버?"

남편이 내민 네잎클로버를 받았습니다.
행운을 선물 받은 듯하여 배시시 웃음이 나왔습니다.

그런데 가만히 들여다보니
잎의 모양이 무언가 이상했습니다.

"뭐야, 이거 네잎클로버가 아니잖아."

242

네잎클로버가 아니라 세잎클로버였습니다.
세잎클로버의 잎 하나를 반으로 갈라
네잎클로버처럼 보이게 만든 것이었습니다.

남편을 흘겨보았더니
그가 실실 웃으며 대꾸했습니다.
"아니, 요새 우리 마누라 힘들어하기에
행운 받고 힘내라고."

"행운을 주려면 진짜 네잎클로버를 줘야지."
저의 타박에 남편이 말했습니다.

"네잎클로버 찾기가 쉬운 줄 알아?
행운은 찾는 게 아니라 만드는 거야."

듣고 보니 그럴듯했습니다.
손바닥 위에 놓인 세잎클로버도
진짜 네잎클로버로 보였습니다.

안 좋은 일이 있을 때마다
남편이 입버릇처럼 하는 말이 있습니다.

"다행이야."

분명히 안 좋은 일인데도
이만한 게 다행이라고,
더 안 좋아지지 않은 게 다행이라고 말했습니다.

그때마다 저는
'다행은 무슨 다행이야.'
'안 좋은 일 자체가 없어야 다행이지.'라고 생각했습니다.

네잎클로버 같은 세잎클로버를 손에 쥔 지금은
이런 생각을 합니다.

남편은 그동안 계속 세잎클로버를 가지고
네잎클로버를 만들어왔는지도 모르겠다고 말입니다.

행운의 상징인 네잎클로버를 찾기 힘든 이유는
우리가 '눈'으로만 찾아서가 아닐까요?

행운의 네잎클로버는
눈이 아니라 '입'으로 찾는 것인지도 모릅니다.

행운의 네잎클로버는
찾는 것이 아니라 '만드는' 것인지도 모릅니다.

"다행이야."라는 말은
행운을 가져다주는 네잎클로버를 만드는
남편만의 주문이었나 봅니다.

저도 남편 몰래 나직이 주문을 외워봅니다.
"다행이다, 참 다행이야."

감탄을 불러일으키는 공식,
발견했나요?

감탄 vs Wow Wow(와우-)

246

우리는 '감탄'할 일이 더 대단하고 많아야 행복해질 수 있다고 믿습니다. 하지만 감탄할 일이 많아야 행복한 게 아니라 사소한 일에도 감탄사를 내뱉을 수 있어야 비로소 행복해지는 법입니다. 그러니 지금부터는 아주 작은 일에도 '와우wow'라고 먼저 외쳐보세요. 당신이 내뱉는 감탄사의 갑절만큼 감탄할 일이 생기고, 그 곱절만큼 더 즐거워질 테니까요.

● 심드렁하고
　인색해질수록
　먼저 감탄하기

말괄량이 삐삐는 뛰어난 발견가입니다.
발견가가 뭐 하는 사람이냐는 친구의 물음에
삐삐가 이렇게 답합니다.

"세상은 물건들로 가득 차 있어.
누군가는 그것들을 찾아내야 하고.
그 일을 하는 사람이 바로 발견가야."

하루는 땅에 떨어진 낡고 녹슨 양철통을 발견한
삐삐가 소리칩니다.

"우와! 이런 물건은 처음 봤어.
정말 대단한 발견이야!"

실이 감겨 있지 않은 실패를 보고도 감탄합니다.

"오늘은 정말 운이 좋은 날인가 봐.
너무너무 예쁜 실패다!"

삐삐는 땅에 버려진 물건을 보면서도
대단한 물건 하나를 발견한 것처럼
"와우!", "우아!"
감탄사를 연발합니다.

어느 날 삐삐네 마을에 서커스단이 찾아왔습니다.
돈을 내고 서커스를 구경하자는 친구의 말에
삐삐는 놀란 듯 소리칩니다.

"맙소사! 그냥 보는데도 돈을 낸다고?
난 온종일 눈을 부릅뜨고 돌아다니며
신기하고 아름답고 대단한 것들을 봤는데?
그럼 여태까지 내가 본 게 다 얼마란 말이야?"

삐삐의 말처럼 어쩌면 행복이란
값을 내고 봐야 하는 서커스만이 아니라
땅에 떨어져 굴러다니는
양철통이나 실패 같은 것일 수도 있고,
돈을 내지 않고도 얼마든지 볼 수 있는
세상 풍경 같은 것일지도 모릅니다.

그렇게 보면 삐삐는
행복을 찾는 데에 타고난 재능이 있는
행복 발견가인 것 같습니다.

반면, 우리는 행복을 발견하는 데 참 인색합니다.
'어디 한 번 웃겨 봐.'
'어디 한 번 감탄하게 해 봐.'

심사위원처럼 기준을 정해놓고 성에 차지 않으면
사소한 행복은 행복이라고 여기지도 않습니다.
웃는 일에도 참 심드렁하고
감탄하는 일에도 인색합니다.

그러면서 대단하고 그럴듯한

웃음이, 행복이, 감탄이
우리 앞에 나타나기만을 기다리지요.

"감탄할 '일'과 감탄할 '일'이 먼저 생겨야
감탄하는 '이'가 된다."
감탄할 일(1) + 감탄할 일(1) = 감탄하는 이(2)

우리는 감탄할 일이 더 대단하고 많아야만
행복할 수 있다는 이 이상한 공식을
철석같이 믿고 있는 건 아닐까요?

이 공식을 비틀어 생각해보면 어떨까요.
"감탄하는 '이'가 먼저 있어야
감탄할 '일'이 더 많이 생긴다."
감탄하는 이(2) = 감탄할 일(1) + 감탄할 일(1)

아마 우리의 하루하루가 조금 더 즐겁고
조금 더 신나지 않을까요?

당신의 오늘은 안녕한가요?

today's(오늘의) vs 행복

252

'오늘의today's' 행복이 당신 인생에서 누릴 수 있는 가장 큰 '행복'일지 모릅니다. 오늘 행복을 느낄 수 있어야 내일도, 모레도, 10년 후에도 행복할 수 있습니다. 그러니 미루지 말고 당신에게 주어진 행복을 마음껏 누려보세요. 행복을 주는 말들이 조금 낯간지럽더라도 말입니다.

●　오늘의 행복 적금

어느 날, 테드TED 강연을 보고 있었습니다.
강의하던 교수가 느닷없이 질문을 던졌습니다.

"제가 말씀드리는 두 가지 미래를 상상해보시고
어느 쪽이 더 행복할 것 같은지 골라 보세요.
1번은 4,000억 원짜리 복권에 당첨되는 것이고
2번은 하반신 마비가 되는 것입니다."

이게 무슨 뚱딴지같은 소리인가 싶었습니다.
2번을 고르는 사람이 대체 어디 있다고.

그런데 그토록 뻔한 답이라면 질문하지도 않았겠지요.
아니나 다를까 답은 '같다'였습니다.

실제 복권 당첨자들과 하반신 마비 환자들을 대상으로
행복을 느끼는 정도를 설문 조사한 결과,
큰 차이가 없었습니다.

물론 사건을 겪은 직후는 차이가 컸습니다.
복권에 당첨된 그 순간부터 한동안은
당첨자들의 행복도가 크게 올라갔고,
사고를 당한 그 순간부터 한동안은
환자들의 행복도가 크게 내려갔지요.

그러나 시간이 지나고 나자
그들이 느끼는 행복의 정도가
사건 전과 비슷한 수준으로 돌아갔습니다.

당첨자들은 당첨되기 전에 느끼던 행복만큼
환자들은 사고를 당하기 전에 느끼던 행복만큼
딱 그때로 되돌아간 것입니다.

앞으로 우리에게 어떤 일이 벌어지든
오늘 우리가 느끼는 이 행복이
내일 느끼게 될 행복이고
10년이 지나고 느끼게 될 행복일지 모릅니다.

우리는 로또에 당첨된다거나
사회적으로 크게 성공하면
하루아침에 엄청나게 행복해질 거라고 믿습니다.

그러나 그런 사건들은
순간, 반짝하는 쾌감을 줄 뿐
우리에게 지속적인 행복을 주지는 못합니다.

내일의 행복을 보장할 수 있는 유일한 방법은
오늘 조금이라도 더 행복을 느껴보는 일뿐입니다.

당장 오늘, 단 한 번이라도
행복을 느끼는 연습을 해보면 어떨까요.

'사랑하는 가족이 있으니
나는 참 행복한 사람이구나.'

'오늘도 맛있는 밥을 먹고 일할 수 있으니
참 감사한 일이구나.'

혼자 별것 아닌 일에도
행복해하고 감사해 하는 일이
낯간지럽게 느껴지더라도
하루 한 번만 자신을 위해
낯간지러운 행복을 느껴보세요.

내일의 행복을 위한 적금을 든다고 생각하고
오늘의 행복 느끼기를 해보면 좋겠습니다.

○ 보이는 모든 것을
세상의 눈으로
가두려 하지 마세요

이 책을 쓰면서 많이 망설였습니다.
누군가에게 긍정적인 힘을 주는 글을 쓰려면
나부터 긍정적이고 행복해야 할 것 같은데,
저는 그보다 부정적인 사람에 가까웠습니다.

하지만 돌이켜 생각해보면
긍정적이어서가 아니라 부정적이었기 때문에
내 안에서 긍정을 찾아내려 몸부림쳤던 것이고,
행복해서가 아니라 행복하지 못했기 때문에
나의 행복을 찾아내려 몸부림쳤던 것 같습니다.
그 처절한 몸부림의 결과가 바로 이 책인 셈이지요.

지금도 종종 나라는 사람이 어렵게 느껴지지만
책을 쓰기 전의 제 모습과 비교하면

확연히 '나'와 가까워졌다고 믿습니다.

그래서 바라건대, 이 책을 집어 든 당신께서도
다 읽고 난 뒤 이전보다 단 한 뼘이라도
'나'와 가까워졌다고 느끼셨으면 좋겠습니다.

세상의 눈으로만 바라보던 나와 모든 것을
있는 그대로 따뜻하게 바라봐주셨으면 좋겠습니다.

자존감이 바닥이었던 저에게
늘 무조건적인 사랑과 정신적인 지지를 보내준
남편에게 감사의 말을 전합니다.

책 읽는 분위기를 자연스레 만들어주신 부모님,
존재만으로도 항상 자극을 주는 언니들,
새로운 세상에 눈뜨게 해준 아이에게도
고맙다는 인사를 하고 싶습니다.

마지막으로 이 책을 끝까지 읽어준 당신.
당신의 마음에 조금이라도 가닿았다면,
그보다 더 기쁜 일은 없을 것 같습니다.

나를 해독하는 법

2018년 4월 25일 초판 1쇄 발행

지은이 · 서이랑

펴낸이 · 김상현, 최세현
책임편집 · 양수인, 조아라, 김형필 | 디자인 · 고영선

마케팅 · 김명래, 권금숙, 양봉호, 임지윤, 최의범, 조히라
경영지원 · 김현우, 강신우 | 해외기획 · 우정민
펴낸곳 · (주)쌤앤파커스 | 출판신고 · 2006년 9월 25일 제406-2006-000210호
주소 · 경기도 파주시 회동길 174 파주출판도시
전화 · 031-960-4800 | 팩스 · 031-960-4806 | 이메일 · info@smpk.kr

ⓒ 서이랑(저작권자와 맺은 특약에 따라 검인을 생략합니다)

ISBN 978-89-6570-612-0 (03810)

쌤앤파커스(Sam&Parkers)는 독자 여러분의 책에 관한 아이디어와 원고 투고를 설레는 마음으로 기다리고 있습니다. 책으로 엮기를 원하는 아이디어가 있으신 분은 이메일 book@smpk.kr로 간단한 개요와 취지, 연락처 등을 보내주세요. 머뭇거리지 말고 문을 두드리세요. 길이 열립니다.